W0406785

# DZIENNIK
# CWANIACZKA
## RYŻYK-FIZYK

## W SERII:

Dziennik cwaniaczka

Rodrick rządzi

Szczyt wszystkiego

Ubaw po pachy

Przykra prawda

Biała gorączka

Trzeci do pary

Zezowate szczęście

Droga przez mękę

Stara bieda

Ryzyk-fizyk

Dziennik cwaniaczka. Zrób to sam!

## WKRÓTCE:

Jeszcze więcej cwaniaczka!

# DZIENNIK CWANIACZKA
## RYZYK-FIZYK

Jeff Kinney

Tłumaczenie
Joanna Wajs

Nasza Księgarnia

Tytuł oryginału angielskiego: *Diary of a Wimpy Kid: Double Down*

Wimpy Kid text and illustrations copyright © 2016 Wimpy Kid, Inc.
DIARY OF A WIMPY KID®, WIMPY KID™, and the Greg Heffley design™
are trademarks of Wimpy Kid, Inc. All rights reserved.

First published in the English language in 2016 by Harry N. Abrams, Incorporated, New York.

Original English title: *Diary of a Wimpy Kid: Double Down*
(All rights reserved in all countries by Harry N. Abrams, Inc.)

© Copyright for the Polish edition by Wydawnictwo „Nasza Księgarnia", Warszawa 2017

© Copyright for the Polish translation by Joanna Wajs, Warszawa 2017

DLA DORIANA

PAŹDZIERNIK

Środa

Rodzice ciągle powtarzają, że świat nie kręci się wokół mnie, ale ja czasem nie jestem tego taki PEWIEN.

Kiedy byłem mały, widziałem film o gościu, którego całe życie jest nagrywane ukrytą kamerą i pokazywane w telewizji. Faceta wszędzie znają, a on o NICZYM nie wie.

No i doszedłem do wniosku, że to samo mogło przytrafić się MNIE.

Najpierw się wnerwiłem, bo nikt nie zapytał mnie o pozwolenie. Ale wtedy zdałem sobie sprawę, że jeśli miliony ludzi z mojego powodu siadają codziennie przed telewizorem, to w sumie niezła JAZDA.

Czasem myślę, że moje życie jest zbyt NUDNE i nie nadaje się do telewizji. Wtedy robię coś zabawnego, żeby ludzie mogli trochę się rozerwać.

Daję też telewidzom dyskretne znaki. Niech wiedzą, że ja wiem.

Jeśli moje życie jest programem telewizyjnym, to muszą być w nim przerwy na reklamy. Pewnie w tych momentach, gdy chodzę do kibelka. Właśnie dlatego po wyjściu z łazienki zawsze ogłaszam, że wróciłem.

Ale niekiedy nie mogę się połapać, co w moim życiu jest PRAWDĄ, a co FIKCJĄ. Bo przydarza mi się tyle idiotyzmów, że zaczynam wątpić, czy to JA pociągam za sznurki.

Jeżeli wszystko jest wyreżyserowane, to ludzie od produkcji mogliby PRZYNAJMNIEJ podrzucać mi jakieś fajniejsze kawałki do ogrania.

Czasem zadaję sobie pytanie, czy moi krewni i znajomi są osobami, którymi się WYDAJĄ, czy tylko AKTORAMI.

Bo jeśli aktorami, to mam nadzieję, że dzieciak grający Rowleya zgarnie jakąś nagrodę. Ten gość odwala naprawdę świetną robotę, udając matoła.

A jeśli mój brat Rodrick jest tylko wynajętym kolesiem, któremu PŁACĄ za bycie palantem, to stawia sprawy w zupełnie w nowym świetle.

Kto wie? Może w rzeczywistości równy z niego gość i pewnego dnia zostaniemy przyjaciółmi?

Ale jeśli moi RODZICE też są aktorami, to już jest nie w porządku.

Przez te wszystkie lata narysowałem mnóstwo laurek z okazji Dnia Matki i Dnia Ojca. Jeśli to wszystko ściema, ktoś powinien zapłacić za mój czas i znój.

A skoro już mowa o kasie: założę się, że moi PRAWDZIWI rodzice są dzięki mnie ustawieni do końca życia.

Ale ja też staję na rzęsach, żeby w przyszłości zacząć na sobie zarabiać. W większości programów telewizyjnych główny bohater ma powiedzonko, które pada z ekranu przynajmniej raz w odcinku. No więc ja RÓWNIEŻ wymyśliłem sobie fajną odzywkę i od czasu do czasu zgrabnie wplatam ją do konwersacji.

Kiedyś ten tekst będzie na każdym związanym ze mną produkcie. A ja spokojnie poczekam, aż kasa zacznie spływać na konto.

I jeszcze COŚ. Nie zamierzam skończyć jak te przebrzmiałe sławy, które podczas rozdawania autografów sprzedają swoje zdjęcia za bezcen.

Jedyna rzecz, jakiej nauczyłem się o telewizji, jest następująca: każdy show w końcu spada z anteny. Ale w ostatnim sezonie zwykle wprowadzają milutkiego dzieciaka albo jakieś zwierzątko, żeby podnieść oglądalność.

No więc kiedy mój mały braciszek Manny przyszedł na świat, sądziłem, że zamierzają zrobić z niego nową gwiazdę.

Nie potrafiłem tylko zrozumieć, jak noworodek może być AKTOREM. Nie wykluczałem ewentualności, że Manny jest lalką, którą porusza jakiś dorosły.

Nigdy nie zdobyłem dowodów na słuszność tej teorii, ale i tak przy każdej okazji sprawdzałem smarkacza.

Kiedy Manny urósł, było już jasne, że nie jest na sznurki. Wtedy zacząłem się zastanawiać, czy przypadkiem nie mamy tu do czynienia z supernowoczesną nakręcaną zabawką albo nawet ROBOTEM.

Aż wreszcie sobie pomyślałem, że może WSZYSCY w moim otoczeniu to roboty i że jestem jedyną istotą ludzką w tej rodzinie. Roboty muszą od czasu do czasu podłączać się do prądu, co tłumaczy, czemu w każdym pokoju mamy dwa albo trzy gniazdka elektryczne.

To by TEŻ tłumaczyło niektóre teksty rodziców. Mama i tata mówią dziwne rzeczy, kiedy myślą, że ich nie słyszę.

Jeśli roboty potrzebują ładowania, jasne jest już, dlaczego w pralni trzymamy tyle baterii. Nie bardzo wiem, gdzie się je WSADZA, ale mam pewne podejrzenia.

Doszedłem do wniosku, że jest tylko jeden sposób, by sprawdzić, czy moi domownicy są robotami. Spróbować zrobić któremuś zwarcie. No ale wyniki eksperymentu są takie, że albo tata to model wodoodporny, albo zwyczajny facet z zerowym poczuciem humoru.

Po incydencie ze szlauchem dostałem szlaban na cały tydzień. Ludzie oglądający mój program prawdopodobnie setnie się ubawili, ale potem oglądalność musiała polecieć na łeb na szyję.

Cóż, istnieje szansa, że jestem jednak normalnym dzieciakiem, który ma normalne życie, a NIE gwiazdą reality show. Co jeszcze wcale nie oznacza, że NIKT mnie nie obserwuje.

Zważywszy, ile planet jest we wszechświecie, gdzieś tam MUSI być inteligentne życie. Niektórzy mówią, że gdyby kosmici istnieli, to LATAJĄCE SPODKI śmigałyby po niebie tam i z powrotem. Ale moim zdaniem obcy są CWANI i nie zwracają niczyjej uwagi, czekając na moment najlepszy do inwazji.

Zapewne śledzą ludzkość nawet w tej sekundzie, zbierając informacje na temat naszego życia.

Założę się, że muchy są tak naprawdę maleńkimi dronami, które przesyłają kosmitom obrazy zarejestrowane na Ziemi. Każdy, kto widział „oczy" muchy w powiększeniu, nie może mieć wątpliwości, że w rzeczywistości to supernowoczesne kamerki.

Nie rozumiem tylko jednego. Czemu kosmici są zafascynowani psią kupą? No cóż. Muszą mieć jakiś sensowny powód.

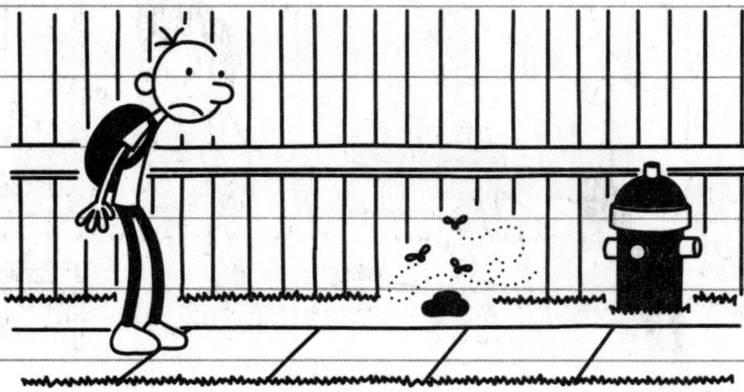

Próbowałem zainteresować swoimi teoriami rodziców i innych dorosłych, ale jest oczywiste, że nikogo nie obchodzi, co ma do powiedzenia dziecko. Więc gdy tylko nadarza się sposobność, daję kosmitom do zrozumienia, że jestem po ich stronie.

Mam tylko nadzieję, że nie pomyliłem się co do much. Bo jeśli dronami kosmitów są KOMARY, inwazja może nastąpić w każdej chwili.

Rzecz w tym, że ja zawsze czuję się tak, jakby KTOŚ miał mnie na oku.

Na przykład babcia – ta ze strony taty – która podobno czuwa nade mną z nieba. Uważam, że to niesamowita sprawa i w ogóle, ale nie daje mi spokoju myśl, jak taki system właściwie działa.

Nie mam nic przeciwko temu, żeby babcia nade mną czuwała, kiedy jadę na desce albo robię coś ryzykownego. Ale są momenty, w których człowiek po prostu potrzebuje odrobiny prywatności.

Niepokoi mnie jedno. Kiedy babcia jeszcze żyła, czasem zachowywałem się jak kretyn. No więc na jej miejscu specjalnie bym NIE ROZPACZAŁ, gdyby Gregowi Heffleyowi przytrafiło się coś złego.

Dlatego jeśli babcia akurat spojrzy gdzie indziej, kiedy będę przechodzić przez ulicę albo coś w tym guście, przyjmę to ze zrozumieniem.

Zresztą miałbym WYRZUTY SUMIENIA, gdyby babcia musiała mnie obserwować dwadzieścia cztery godziny na dobę. Przez całe życie zasuwała jako kelnerka i zasłużyła, żeby trochę ODSAPNĄĆ.

Mam nadzieję, że siedzi sobie teraz w niebie w kąpieli z pianą, czyta powieści o miłości i nie gapi się co wieczór na niewdzięcznego gimnazjalistę odrabiającego pracę domową.

COŚ wam powiem: gdybym poszedł do nieba, calutki czas spędzałbym w ogromnym basenie wypełnionym żelkami albo robił pętle wśród chmurek.

Nie ma opcji, żebym się gapił na jakiegoś swojego, powiedzmy, prawnuka. Przecież ledwo bym znał tego typa.

Takie gapienie się byłoby zabawne tylko wtedy, gdybym miał moc wymierzania kar potomkom, którzy mnie zdenerwują.

Ostatnio mama powiedziała, że poza BABCIĄ patrzą na mnie z zaświatów WSZYSCY moi zmarli krewni.

Wolałbym jednak, żeby zachowała tę wiedzę dla siebie, bo teraz, kiedy ściągam na klasówce od Aleksa Arudy, mam jeszcze większe poczucie winy.

Ciekawe, ILE pokoleń jest w to zamieszanych. Nie ma sprawy, jeśli chodzi o kilkaset lat, ale co, jeżeli szpieguje mnie całe drzewo genealogiczne?

Na przykład moi przodkowie jaskiniowcy. Ci goście muszą być nieźle skołowani, kiedy widzą, czym się zajmuję.

Szczerze mówiąc, nie czuję się komfortowo na myśl o tych wszystkich ludziach zaglądających mi przez ramię. Jeśli moi krewni naprawdę patrzą, jak wychodzę z kabiny prysznicowej albo próbuję wosku z ucha, będzie dość niezręcznie, gdy kiedyś się spotkamy.

Czwartek

W tym tygodniu odbywa się w szkole kiermasz książek, więc mama dała mi rano dwadzieścia dolców.

SĄDZIŁEM, że mogę je wydać, na co tylko chcę, ale nie. Mama kazała mi przynieść do domu jakieś KSIĄŻKI.

Tylko że kiedy człowiek ma szansę zdobyć wielki ołówek z oczkami, trudno mu oprzeć się pokusie.

Poza ołówkiem kupiłem plakat z kotem, który mówi coś wrednego, gumkę do wycierania w kształcie misia pandy, kalkulator świecący w ciemności, długopis piszący pod wodą i jeszcze drugi wielki ołówek z oczkami, na wypadek gdyby pierwszy gdzieś się zawieruszył albo został skradziony.

Coś czułem, że mama może nie być zachwycona moimi wyborami, więc wziąłem też jo-jo z odpowiednim przekazem.

Ale i tak nie zrobiłem dobrego wrażenia. Mama powiedziała, że mam wrócić jutro na kiermasz i wymienić wszystko, co kupiłem, na książki.

Według mamy mózg jest czymś w rodzaju mięśnia. Trzeba go gimnastykować poprzez czytanie i robienie różnych twórczych rzeczy, bo inaczej staje się gąbczasty i do niczego.

Mama twierdzi też, że gry wideo i telewizja robią z mojego rozumu flaka i jeśli coś się nie zmieni, przez resztę życia będę bezmózgim zombiakiem.

Jej zdaniem jeżeli wyłączę telewizor i odłożę joystick, mogę odkryć w sobie talent, o którym dotąd nie wiedziałem.

To fajna myśl i w ogóle, ale gdy mama namawia mnie na coś nowego, zawsze robię z siebie ostatniego głupka.

W trzeciej klasie mieliśmy lekcje z poezji i kiedy pokazałem mamie, co piszę, totalnie ją poniosło. Wysłała mój wiersz do ludzi z Ligi Ochrony Poezji, żeby sprawdzić, co ONI o nim myślą.

Dwa tygodnie później w skrzynce czekał już list z odpowiedzią.

## LIGA OCHRONY POEZJI

Drogi Gregory Heffleyu,

nasze gratulacje! Twój wiersz „Moje beznadziejne lato" ukaże się w prestiżowej „Antologii poetyckiej", dorocznym wyborze najlepszych amerykańskich wierszy napisanych przez najbardziej obiecujących poetów.

Mama NIESAMOWICIE się tą wiadomością podjarała, no i w sumie ja też. Zacząłem już myśleć o sobie jak o poecie i chodzić do szkoły w odpowiednich ciuchach.

Ale zaraz się okazało, że „Antologia poetycka" jest jedną wielką ŚCIEMĄ. Ta cegła miała chyba z tysiąc stron i strasznie mały druk. Pół godziny zajęło mi odnalezienie wiersza, który napisałem, a wtedy odkryłem, że i tak zrobili błąd w moim nazwisku.

Przeczytałem kilka innych wierszy i wszystkie były STRASZNE. W większości wyglądały na napisane przez przedszkolaki.

Maya Peebles

## Mój żółw Seba

Mój żółw Seba
wcale nie poszedł do nieba,
tylko śpi w swojej skorupie.
Gdyby śmierdział, to co innego.
Wtedy wiedziałabym, że jest trupem.

Było oczywiste, że KAŻDEMU by zamieścili tekst w tej książce i że ten „wybór najlepszych amerykańskich wierszy" jest zwyczajną lipą. Goście z Ligi Ochrony Poezji najwyraźniej zbijają kokosy, sprzedając swoją antologię frajerom, którzy zostali w niej OPUBLIKOWANI.

Pewne jest tylko jedno. Liga Ochrony Poezji NIEŹLE nas skasowała. Mama zamówiła dziesięć książek (po osiemdziesiąt dolców za sztukę!), żeby rozdawać je krewnym.

A potem dokupiła kilka dla MNIE, żebym mógł się kiedyś pochwalić swoim dzieciom.

Liga Ochrony Poezji jeszcze długo do nas pisała i dzwoniła, namawiając, żebyśmy kupili więcej książek. I chyba po jakimś czasie mama załapała, że to szwindel.

Moje egzemplarze „Antologii poetyckiej" wylądowały w pralni, ale przynajmniej do czegoś się tam przydały.

Kiedy mama wbiła sobie do głowy, że jestem WYJĄTKOWY, już nie odpuściła. Próbowała nawet mnie wkręcić do Szkolnego Programu na rzecz Wybitnie Zdolnych Dzieci.

Bo w mojej podstawówce wszystkie najbystrzejsze dzieciaki były objęte tym programem.

Nauczyciele chyba nie chcieli, żebyśmy my, przeciętni uczniowie, czuli się gorsi od tamtych, bo gdy wywoływali Wybitnie Zdolnych z klasy na zajęcia dla geniuszy, używali specjalnej tajnej nazwy.

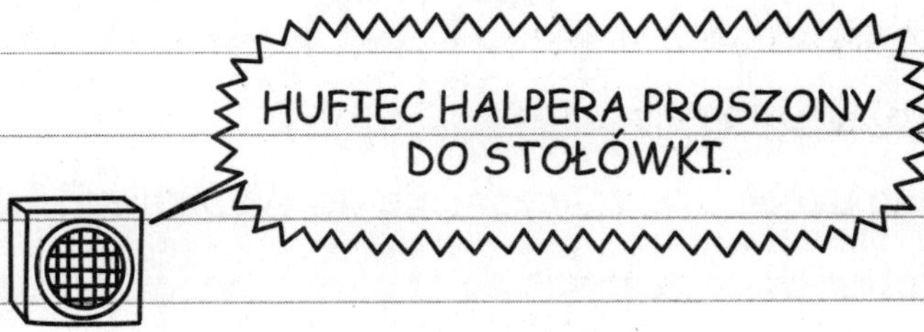

Pan Halper był naszym woźnym i długo myślałem, że dzieciaki z jego hufca to po prostu ochotnicy, którzy pomagają mu w wyrzucaniu śmieci i innych takich.

Aż wreszcie odkryłem, że do tej ekipy należą największi mózgowcy z mojego roku.

Mama uznała, że zaliczam się do Wybitnie Zdolnych, i próbowała przekonać do tego szkołę. Ja natomiast musiałem zdać TEST, by udowodnić, że jestem wystarczająco inteligentny.

Nie pamiętam wszystkich zadań, ale jedno leciało jakoś tak:

Uzupełnij zdanie:

Johnny jest najlepszy w matematyce.
Johnny jest najlepszy w pływaniu.
Johnny jest najlepszy w czytaniu.
Johnny jest ____________________.

Chyba chodziło o to, żeby dopisać coś jeszcze, w czym Johnny jest najlepszy. Ale naprawdę zirytował mnie ten gostek, więc dokończyłem zdanie po swojemu.

Johnny jest szpanerem.

Mimo że totalnie zawaliłem test, mama była wściekła na szkołę, bo dalej wierzyła w moją wybitność. Ale wiecie co? Ci zdolni to zupełnie inna liga.

W zasadzie jestem nawet zadowolony, że oblałem, bo w gimnazjum dzieciaki takie jak Alex Aruda muszą zostawać na przerwie i wypełniać nauczycielom zeznania podatkowe.

Mama była naprawdę przybita z powodu Wybitnie Zdolnych, ale jakiś miesiąc później przekazała mi dobre wieści. Załapałem się do Mistrzów – specjalnego szkolnego klubu, który miał tajne spotkania dwa razy w tygodniu.

No cóż, naprawdę strasznie się na ten klub napaliłem i byłem bardzo zdenerwowany, kiedy szedłem tam pierwszy raz. Ale wtedy się okazało, że Mistrzowie to po prostu dzieciaki, które tak jak ja nie wymawiają „r" i we wtorki i czwartki mają douczki z panią Pressey w szkolnej bibliotece.

Nie wiem, kto wpadł na tę nazwę – Mistrzowie – ale naszym zdaniem była ODLOTOWA.

Kiedy podczas przerwy Mistrzowie pojawiali się na szkolnym dziedzińcu, inni uczniowie schodzili nam z drogi.

Jedynymi dzieciakami, które nas nie lubiły, były Wężyki Języki. Czyli grupa, która spotykała się w poniedziałki i środy, żeby pracować nad swoim „s". Ale myślę, że Wężyki Języki były po prostu zazdrosne, bo same miały beznadziejną nazwę.

My, Mistrzowie, trzymaliśmy się razem i naprawdę czekałem z niecierpliwością na nasze wtorkowe i czwartkowe spotkania, bo one zawsze kończyły się jakąś megarozróbą.

Ale mama, zdołowana tym, że nie robię postępów w wymawianiu „r", znalazła mi prywatną korepetytorkę. No i po paru miesiącach nie miałem już żadnego problemu z wymową.

Co niestety oznaczało, że już nie są mi potrzebni Mistrzowie. Prawdę mówiąc, przez parę tygodni UDAWAŁEM. Nadal nie wymawiałem „r", żeby pozostać w klubie. Ale pewnego dnia straciłem czujność i totalnie się wysypałem.

Od tamtej pory byłem wyrzutkiem. Nawet Wężyki Języki nie chciały się ze mną zadawać.

Chyba KAŻDY rodzic myśli, że jego dziecko jest NADZWYCZAJNE. Ale to zaczyna już iść za daleko.

Manny tej wiosny grał w piłkę nożną, a jego drużyna była DO BANI. Nigdy nie zdobyli ani jednego gola, podczas gdy wszyscy ich przeciwnicy zaliczali po dziesięć w każdym meczu. No i niezbyt pomagało im to, że bramkarz, Tucker Remy, aż do gwizdka sędziego był zajęty napychaniem sobie pępka trawą.

Pod koniec sezonu odbyła się uroczystość wręczenia pucharów. Sądziłem, że tylko dzieciaki z drużyny ZWYCIĘZCÓW dostaną trofea, bo tak było w czasach, kiedy ja grałem w piłkę. Ale chyba niektórzy rodzice martwili się, że ich dzieci zbyt przeżyją porażkę, bo w tym roku WSZYSCY piłkarze otrzymali puchary.

I to były naprawdę ZARĄBISTE puchary. Ogromne, z prawdziwego metalu, nie jakaś plastikowa tandeta, którą wtryniali nam, kiedy ja byłem mały. I wiecie co? Żaden zawodnik nie był bardziej dumny ze swojej nagrody niż Tucker Remy.

Ciekaw jestem, czy to się jakoś odbije na psychice tych dzieciaków. Bo na mojej odbiło się NA PEWNO. Czasem myślę o wzięciu udziału w jakichś szkolnych zawodach, ale gdy tylko widzę rozmiary pucharów, zaraz mi przechodzi.

Piątek

Zwróciłem dziś większość rzeczy, które kupiłem na kiermaszu, ale kiedy mama zobaczyła, na co je wymieniłem, nie była zachwycona.

Przehandlowałem swoje fanty na książki o Dreszczakach. Cała szkoła ma na nie totalną fazę.

Mama powiedziała, że powinienem był wybrać coś „ambitniejszego", ale tak naprawdę nie miałem wielkiego wyboru. Kiermasz książek wypada na parę tygodni przed Halloween, więc chodzi na nim właśnie taki towar.

# STRASZNIE DOBRE KSIĄŻKI

Na oko jakieś 90% książek na kiermaszu to były historie o Dreszczakach. Oraz ich podróby. Nie wiem, czy są legalne, czy nie, ale coś tu wydaje się nie w porządku.

Te wszystkie horrory pojawiły się jakby ZNIKĄD. Poprzednią superpopularną serią w mojej szkole byli „Porywacze gaci", ale teraz to już odgrzewany kotlet.

Widziałem nawet w tym tygodniu jakiegoś dzieciaka idącego korytarzem z „Porywaczami gaci". Koleś z ostatniej klasy zrobił mu majtkowanie.

Na ogół nie przepadam za strasznymi historyjkami, bo kiedy je czytam, śnią mi się koszmary.

Ale Rowley jest jeszcze większym cykorem niż ja. Wszystkie książki, które ON kupił na kiermaszu, pochodzą z serii „Dreszczaki Przedszkolaki".

Ja przynajmniej mam dość odwagi, by przeczytać PRAWDZIWY horror. Jedna z książek, które kupiłem na kiermaszu, jest o zamrożonym kolesiu budzącym się w przyszłości.

Myślałem, że to tylko science fiction, ale Albert Sandy słyszał o gościu, który chce zamrozić się NAPRAWDĘ.

A konkretnie Albert widział w wiadomościach jednego starego milionera, który jest bardzo chory. Facet zapłacił mnóstwo forsy, żeby go zamrozili. Za sto lat koleś się ODMROZI i będzie nieśmiertelny, bo wtedy ludzie wynajdą już lekarstwo na każdą chorobę.

Ten pomysł z zamrożeniem STRASZNIE mi się spodobał. Jeśli kiedyś zostanę bogaczem, postąpię IDENTYCZNIE.

Ale nie zamierzam czekać, aż się zestarzeję, jak ten milioner.

Bo na mój gust jeśli człowiek zamrozi się jako staruszek, to kiedy go odmrożą, będzie zbyt zrzędliwy, żeby cieszyć się życiem.

No więc jeżeli w ciągu najbliższych lat wygram na loterii czy coś podobnego, użyję tej kasy, żeby kupić sobie bilet do przyszłości.

Nikomu jednak nie zdradzę swojego planu. Do naszej szkoły chodzi taki jeden przygłup, Phillip Crivello, który ma zamożnych rodziców.

Gdyby wpadł na ten sam pomysł co ja, musiałbym się z nim użerać jeszcze za sto lat.

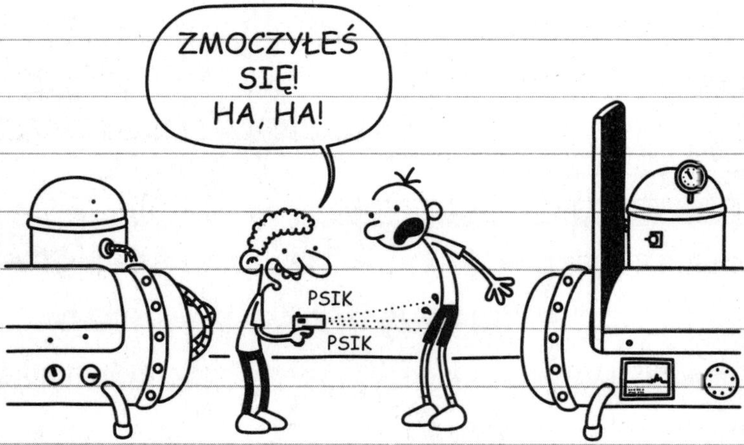


Ale nie jestem pewien, czy sto lat to wystarczająco długo.

Będę mieć wtedy mnóstwo nowych krewnych, a oni będą potrzebować niańki. No cóż, nie wywalę całej tej kasy, żeby móc sobie w przyszłości pozmieniać trochę brudnych pieluch.

Dlatego myślę, że się odmrożę na przykład
za TYSIĄC lat. Wtedy świat będzie NAPRAWDĘ
interesujący.

Za tysiąc lat, tak, ale nie później, bo KTO WIE,
w jakim kierunku wyewoluuje do tej pory rodzaj ludzki.

Jeśli jednak NIE wygram na loterii w najbliższych latach, chyba będę musiał poszukać jakiejś tańszej opcji. Albert Sandy twierdzi, że ludzie, których nie stać na zamrożenie się w całości, zamrażają tylko swoje MÓZGI.

To jednak trochę stresujące – oddać mózg w czyjeś ręce. Ci goście od mrożonek pewnie średnio płacą swoim pracownikom, więc trochę mnie martwi jakość opieki w takich chłodniach.

Kiedy mózg w końcu zostaje rozmrożony, chyba wsadzają go do jakiegoś robota. I pewnie potrzeba czasu, żeby do tego przywyknąć.

Jeśli tylko uciułam trochę grosza, zamrożę się CAŁY i zrobię to PORZĄDNIE. Bo kiedy człowiek próbuje zaoszczędzić, zawsze potem żałuje.

Sobota

Zostało niedużo czasu do Halloween, więc moja rodzina przez cały ranek wynosiła przed dom różne straszne gadżety.

Do niedawna wystrój był naprawdę skromny. Parę pajęczyn, kilka latarenek z wydrążonych dyń, jeden czy dwa plastikowe pająki. Ale wtedy naszych sąsiadów kompletnie poniosło i nagle plastikowe pająki zaczęły wyglądać smętnie.

No więc w zeszłym roku mama dała Rodrickowi czterdzieści dolców, żeby kupił więcej ozdób do powieszenia na ganku.

A on przepuścił cały hajs na jedną ohydną elektroniczną wiedźmę.

Kiedy ktoś klaśnie albo wyda inny głośny dźwięk, rozlega się mrożący krew w żyłach chichot i trwa w NIESKOŃCZONOŚĆ. Wiedźma cała się przy tym trzęsie, a jej oczy świecą na czerwono.

Ktokolwiek wymyślił tego rupiecia, zapomniał o regulacji dźwięku, a musicie wiedzieć, że wiedźma śmieje się naprawdę głośno. Nie da się jej też wyłączyć, trzeba czekać, aż przestanie chichotać, a to zajmuje jakieś dwie minuty.

Powiesiliśmy ją nad gankiem w zeszłym roku, ale maluchy z sąsiedztwa za bardzo się bały i nikt do nas nie przyszedł po słodycze. Jeśli nie liczyć nastolatków, które zjawiły się po dziesiątej wieczorem.

Dlatego zaraz po Halloween tata zaniósł wiedźmę do piwnicy i wrzucił ją na półkę w kotłowni. Ale to nie znaczy, że przestała sprawiać PROBLEMY.

Wiedźma jest SUPERCZUŁA na dźwięki i czasem najcichszy odgłos potrafi ją uruchomić. Także wtedy, gdy dobiega z innego piętra.

Co GORSZA, wydaje się, że wiedźma ma swój własny rozum, bo czasem zaczyna chichotać bez żadnego powodu – kiedy nikt nawet NIE PISNĄŁ. Przynajmniej dwa razy nocowanie Rowleya u mnie w domu skończyło się z tego powodu bardzo wcześnie.

Od roku namawiam rodziców, by wyrzucili wiedźmę, ale tata mówi, że to tylko plastikowa zabawka i żebym nie przesadzał.

Mama natomiast chyba już miała dosyć chichotu, bo jakiś czas temu kazała tacie zejść do piwnicy i wyjąć z wiedźmy baterie.

A przez to, co zdarzyło się POTEM, ja już nie chodzę do kotłowni.

Straszny kanał, bo wszystkie moje stare przebrania na Halloween leżą właśnie tam. Czyli jeśli mama nie kupi mi nic NOWEGO, w tym roku z obchodu cukierkowego nici.

Niedziela

Cała robota z gadżetami na Halloween poszła na marne.

Stado gęsi dorwało się w środku nocy do naszych dyń i zrobiło DEMOLKĘ.

Każdej jesieni gęsi lecą na południe, żeby tam przezimować, a po drodze urządzają sobie coś w rodzaju przeglądu technicznego w naszym mieście. Zwykle używają jako kibelka boiska piłkarskiego w parku, ale poza tym są zupełnie nieszkodliwe.

Tylko że z jakiegoś tajemniczego powodu w tym roku zrobiły się OKROPNIE napastliwe.

Ostatnio ja i Rowley, wracając ze szkoły, prawie codziennie dostajemy od nich wycisk.

Ale one uwzięły się nie tylko na DZIECI. Kiedy tata próbuje dojść do skrzynki pocztowej, musi się najpierw uzbroić i stoczyć z nimi potyczkę.

Nawet już chciał dzwonić po Towarzystwo Opieki nad Zwierzętami, żeby zabrało gęsi, ale mama mu nie pozwoliła.

Powiedziała, że gęsi przylatują w te strony od tysięcy lat i że jeśli już, to MY jesteśmy natrętami, którzy zatruwają ICH życie.

Osobiście nic nie mam do zwierząt, dopóki zachowują bezpieczną odległość. Sądzę jednak, że jeśli przestaniemy trzymać dystans, wynikną z tego same kłopoty.

Mój pan od przyrody mówi, że czterdzieści tysięcy lat temu psy były dzikimi zwierzętami, takimi jak wilki. Najwyraźniej zobaczyły, że my, ludzie, grzejemy się w cieple ognisk i mamy przytulne jaskinie, po czym doszły do wniosku, że też muszą się na to wszystko załapać. Pokazały parę psich sztuczek, zamerdały ogonami, a dalej poszło z górki.

W dzisiejszych czasach psy RZĄDZĄ. Ludzie wydają kupę kasy na ich fikuśne żarcie i mięciutkie posłanka.

Wilki cały czas wyglądają, jakby chodziły wściekłe, i teraz wiem dlaczego. Są złe, bo kiedyś się zagapiły i nie pomyślały PIERWSZE o tym, żeby zacząć podlizywać się ludziom.

KOTY też nie są głupie. Tego lata pani Fredericks z naszej ulicy nakarmiła jednego przybłędę, który przyszedł do jej ogródka, i odtąd każdej nocy pojawiało się u niej WIĘCEJ kotów. Teraz kocury przejęły kontrolę nad jej domem, a pani Fredericks musiała sprzedać samochód, żeby wyżywić całą szajkę.

My sami mamy problem z NASZYM zwierzątkiem domowym, którym jest ŚWINIA. Jeśli o mnie chodzi, uważam, że prosiak powinien mieszkać w chlewiku albo innej oborze. No ale zamiast tego żyje sobie w domu z NAMI. I nie tylko kąpie się w tej samej wannie co ja, ale też jestem prawie pewien, że używa mojej SZCZOTECZKI DO ZĘBÓW.

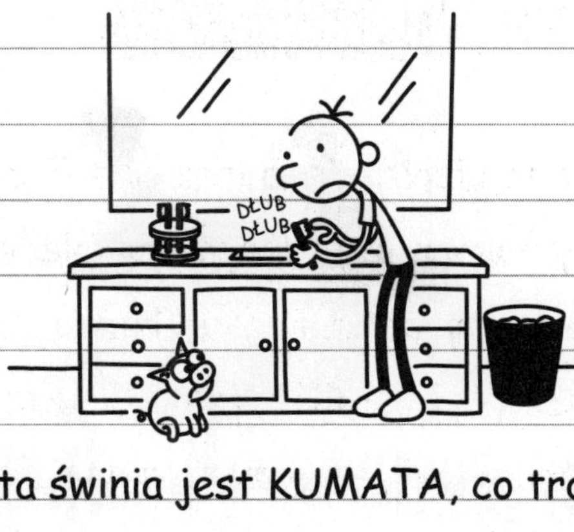


W dodatku ta świnia jest KUMATA, co trochę działa mi na nerwy.

Prawdę mówiąc, sądzę, że próbuje nauczyć się z nami POROZUMIEWAĆ. Widzicie, Manny ma taką zabawkę: Patrz i Mów. Chodzi w niej o to, że ciągnie się za sznurek i automat wymawia różne słowa.

Niewiadomym sposobem świnia zwąchała, jak UŻYWAĆ Patrz i Mów, i teraz już nawet udaje jej się składać całe zdania.

Ostatnio poważnie myślę o tym, że ona i ja moglibyśmy zawiązać jakiś sojusz. Słyszałem, że świński węch jest dwa tysiące razy lepszy od ludzkiego. A taki talent byłby naprawdę pożyteczny.

Mama zawsze kupuje słodycze dla dzieci sąsiadów na parę tygodni przed Halloween i chowa gdzieś, żebyśmy ich nie wyżarli. W tym roku przewróciłem dom do góry nogami, ale na razie niczego nie znalazłem. A świnia, nawet jeśli wie, czego szukam, nie jest zbyt pomocna.

Ten moment w roku jest TORTURĄ dla każdego dzieciaka. W telewizji ciągle lecą reklamy słodkości, a gdy tylko człowiek wchodzi do spożywczaka, tam też się nad nim ZNĘCAJĄ.

Mama mówi, że nie dostanę żadnych łakoci przed Halloween, co moim zdaniem jest bezprzykładnym okrucieństwem.

Ale wiecie co? Myślę, że i tak zgarnę jakieś słodycze. Moja szkoła organizuje konkurs pod nazwą Balonowa Brygada, który odbywa się co roku na początku października.

Wszyscy uczniowie dostają balony wypełnione helem i wypuszczają je w tym samym momencie. Każdy ma kartkę z nazwiskiem i adresem, a kiedy jacyś ludzie znajdą taki balon, muszą go odesłać prawowitemu właścicielowi.

W szkole obok biblioteki wisi na tablicy ogłoszeń duża mapa i kiedy jakiś balon wraca, nauczyciele zaznaczają pinezką miejsce, do którego dofrunął.

Na koniec tygodnia wicedyrektor Roy sprawdza dystans pokonany przez każdy balon, aby się przekonać, który dotarł najdalej i który dzieciak otrzyma NAGRODĘ.

W zeszłym roku balon Andrei Gennarro przeleciał prawie siedemdziesiąt kilometrów i dziewczyna dostała trzydzieści dolców do wydania na kiermaszu książek.

Ale w TYM roku nagrodą jest wielki słój cukierków halloweenowych stojący w gabinecie wicedyrektora Roya.

Szkoła umieszcza kod na każdym balonie, tak żeby nikt nie próbował oszukiwać i wpychać nauczycielom baloników ze sklepu.

Nigdy dotąd żaden z moich balonów nie wrócił. Tym razem muszę mieć PEWNOŚĆ, że nie zostanę zignorowany, więc napisałem trzystronicowy list, który, mam nadzieję, nie pozostanie bez odpowiedzi.

Bo jeśli chodzi o darmowe cukierki, wszystkie chwyty dozwolone.

DO ZNALAZCY BALONU:

Jestem samotnym dzieckiem bez żadnych kolegów. Wysłałem ten balon w świat z nadzieją, że znajdzie drogę do jakiejś miłej osoby, która do mnie napisze i wniesie trochę radości w moje smutne życie.

Poniedziałek

Po lunchu nauczyciele zabrali nas na boisko do koszykówki, żebyśmy wypuścili balony. Nadal trochę się denerwuję, wchodząc na tę czarną nawierzchnię, bo właśnie tam przez półtora roku leżał Ser. Jest nawet jeszcze po nim plama.

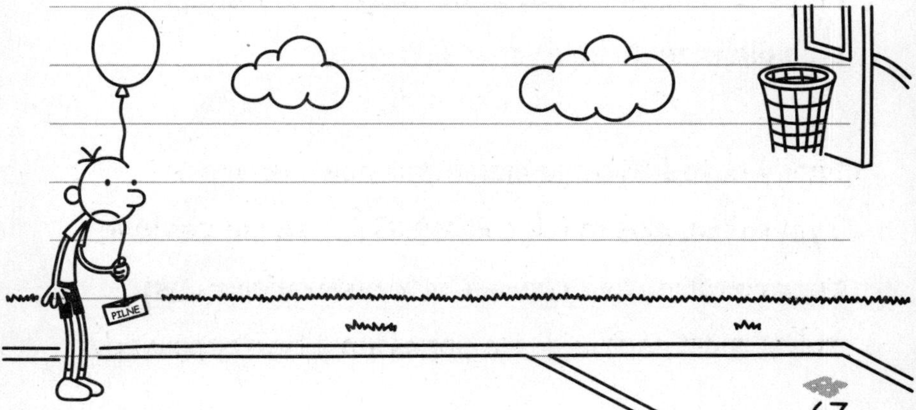

Minęło dużo czasu, odkąd Ser terroryzował naszą szkołę, i wiecie co? Wygląda na to, że niektórzy LUBILI się go bać. Parę razy różne dzieciaki próbowały zacząć od nowa Serowy Dotyk, ale nauczyciele są teraz strasznie czujni. Nie chcą znowu przechodzić przez ten cały idiotyzm.

Jednemu kolesiowi nawet udało się podłożyć na boisku podczas przerwy kawałek pieczeni wołowej ze stołówki, ale Mięsny Dotyk to już nie to samo.

Co nie zmienia faktu, że ludzie CIĄGLE próbują. W tym roku na przykład z krzesłem ze szkolnej auli.

Wszystkie krzesła są tam czerwone poza JEDNYM: żółtym z popsutą nogą. Podobno jakiś dzieciak nasikał na nie podczas wyjątkowo długiego apelu. No więc jeśli człowiek się zagapi i usiądzie na żółtym, będzie zadżumiony aż do końca roku szkolnego.

Chcecie znać moje zdanie? Ludzie powinni być szczęśliwi, że Serowy Dotyk to już pieśń przeszłości, i dać sobie spokój z szukaniem jego następcy. Bo ostatnią rzeczą, jakiej potrzebuje gimnazjalista, są NOWE kłopoty.

Dziś, gdy wicedyrektor Roy przeprowadził odliczanie przez megafon, wypuściliśmy balony. Muszę przyznać, że było to dość ekscytujące – zobaczyć je wzbijające się równocześnie w powietrze.

Ale ta ekscytacja nie trwała DŁUGO.

Niemal wszystkie balony zahaczyły o nową stację przekaźnikową na górce obok boiska do gry w piłkę nożną. A potem ani drgnęły.

Na szczęście mój balon miał solidne obciążenie w postaci listu, który napisałem, więc przeleciał POD stacją, po czym pomknął nad drzewami.

Nie spodziewam się, by powtórzył wyczyn balonu Andrei Gennarro, ale to wcale nie jest KONIECZNE. Jeśli tylko ktoś znajdzie balon i odeśle go z powrotem, słój cukierków będzie MÓJ.

Mam tylko nadzieję, że znalazca napisze, a nie zadzwoni. W liście podałem numer komórki mamy, no ale naprawa stacji przekaźnikowej zajmie zapewne ładnych parę dni, a do tego czasu miasteczko będzie bez telefonów.

Środa

To już dwa dni, a ja nadal nie mam żadnych wieści o balonie. Zaczynam się trochę martwić, bo rozstrzygnięcie konkursu w poniedziałek i jeśli nikt nie wygra, wicedyrektor Roy zachowa cukierki DLA SIEBIE.

Ostatnio z trudem skupiałem się na nauce, ale tym razem moja praca domowa na szczęście była prosta. Mieliśmy napisać biogram jakiegoś słynnego pisarza.

Wszystko jednak wskazuje na to, że o autorze „Dreszczaków" nie ma ŻADNYCH informacji. Namierzyłem tylko krótką notkę na odwrocie jego książek.

Kim jest
S. TRACH?

Nieprzenikniony mrok skrywa tożsamość tajemniczego pisarza S. Tracha. Pewnie jest tylko jedno: S. Trach właśnie pracuje nad kolejnym przerażającym tomem serii „Dreszczaki"!

Jest też i jasna strona sytuacji. Właśnie dlatego że nic o S. Trachu nie znalazłem, skończyłem pracę domową w jakieś dwie minuty.

BIOGRAM PISARZA

NAZWISKO S. Trach

DATA URODZENIA ???

MIEJSCE URODZENIA ???

ZAINTERESOWANIA ???

WYKSZTAŁCENIE ???

INTERESUJĄCE FAKTY Z ŻYCIA AUTORA

???

Z takim nazwiskiem jak S. Trach chyba nie ma się WYBORU. Trzeba zarabiać na życie pisaniem strasznych historyjek.

W pewnym sensie żałuję, że w ogóle sięgnąłem po „Dreszczaki". Bo jak już się do nich zajrzy, nie można się ODERWAĆ. A te książki zaczynają wywierać wpływ na moje życie.

Chodzenie do dentysty nigdy nie wydawało mi się specjalnie rozrywkowe, ale gdy odkryłem sześćdziesiąty siódmy tom „Dreszczaków", zmieniło się w KOSZMAR.

Przeczytałem wszystkie książki o Dreszczakach, jakie były w bibliotece, a potem nawet pożyczyłem parę książeczek Rowleya z serii „Dreszczaki Przedszkolaki", żeby nie wypaść z nastroju.

I tak jak przypuszczałem, już zaczynam mieć koszmary. Siedemdziesiąty pierwszy tom „Dreszczaków" jest o chłopaku, któremu wyrasta ogon jaszczurki. No i trzeba ten fakt ukryć przed rodziną i nauczycielami.

Ta historia naprawdę mnie przeraziła i w nocy po jej przeczytaniu przyśniło mi się, że ja też mam ogon.

W sumie to sen zaczął się nawet NIEŹLE, bo człowiek na co dzień nawet sobie nie wyobraża, ile fajnych rzeczy można zrobić ogonem.

We śnie wcale się nie wstydziłem swojego ogona, przeciwnie, byłem z niego DUMNY. I na maksa wykorzystywałem jego możliwości.

Nie podobało mi się w nim tylko jedno. Kiedy byłem czymś podekscytowany, każdy zaraz o tym wiedział.

Aż nagle ogon stał się PROBLEMEM. Ludzie zaczęli mi go zazdrościć i urządzili na mnie nagonkę, jakbym był jakimś ODMIEŃCEM.

Tu chodziło o moje ŻYCIE, więc zwiałem im przez okno. Mieszkańcy miasteczka gonili mnie w dół ulicy i po centrum handlowym. Prawie uciekłem, ale wtedy ogon utknął mi w schodach ruchomych.

Przysięgam, naprawdę to POCZUŁEM. A potem się obudziłem.

Prawdę mówiąc, ten sen był tak realistyczny, że aż zapaliłem światło. Musiałem sprawdzić, czy na pewno NIE MAM ogona. I wiecie co? Byłem trochę rozczarowany, kiedy się okazało, że nie.

Ale to wcale nie JEDYNY koszmar, jaki miałem po przeczytaniu horroru.

Którejś nocy przyśniło mi się, że zostałem porwany przez zombiackich piratów i musiałem przejść po desce.
Z jakiegoś powodu ciągle powtarzałem ten głupi wierszyk:

Na swoje nieszczęście powtarzałem go NA GŁOS, więc teraz Rodrick jest w posiadaniu nagrania, na którym gadam przez sen.

Kiedy śni mi się coś wyjątkowo idiotycznego, WIEM, że to tylko zły sen. I próbuję jakoś się z niego wyplątać.

Czasem też MYŚLĘ, że mam zły sen, gdy tymczasem wszystko dzieje się NAPRAWDĘ. I kiedy usiłuję się obudzić, dociera do mnie, że niestety nie śpię.

Mama ma książkę z objaśnieniami różnych snów. Ciekawa sprawa, bo wygląda na to, że we wszystkim, o czym śnimy, kryje się jakieś głębsze znaczenie.

**Spadanie**

Sen o spadaniu oznacza, że boisz się utracić kontrolę nad własnym życiem. Może również świadczyć o lęku przed niewywiązaniem się na czas z obowiązków.

Najwyraźniej sen o ogonie należy rozumieć tak, że wstydzę się czegoś ze swojej przeszłości. A sen o zombiackich piratach – że się martwię, bo jestem niedobry dla przyjaciela.

Jeszcze innym razem miałem sen, w którym powypadały mi zęby. To podobno znaczy, że boję się zestarzeć. I może coś nawet jest na rzeczy.

Ale chyba NIGDY nie rozgryzę snu, który miałem OSTATNIEJ nocy. To już była jazda bez trzymanki.

## Czwartek

Decyzja, żeby napisać w pracy domowej o autorze „Dreszczaków", była jednak błędem. Prawie WSZYSCY uczniowie uparli się na S. Tracha i NIKT nie znalazł o nim żadnych informacji. Nasza nauczycielka, pani Mott, chyba uznała, że próbujemy być zabawni, i wlepiła nam karę. Musimy codziennie zostawać w klasie po lekcji, aż napiszemy biogramy jak należy.

Pani Mott zdenerwowała się pewnie jeszcze dlatego, że kiedy zadaje nam napisanie recenzji, zawsze potem czyta o „Dreszczakach".

W zeszłym tygodniu przynajmniej pięciu uczniów zrecenzowało tę samą książkę, co doprowadziło panią Mott do ostateczności.

Ale naprawdę przegięła dopiero Amanda Pickler. Wybrała sobie do ustnego streszczenia „Mózg, który miał swój rozum". Przyniosła wtedy do szkoły sztuczny mózg z żelatyny, a on w pewnym momencie wyślizgnął jej się z rąk i plasnął o podłogę, przez co dwie osoby zemdlały z wrażenia.

Część rodziców też nie jest zachwycona serią o Dreszczakach. Podobno tata Danny'ego McGlurka powiedział w zeszłym tygodniu na zebraniu komitetu rodzicielskiego, że te książki powinny być zakazane, bo propagują CZARNĄ MAGIĘ.

Wygląda na to, że pan McGlurk przyłapał Danny'ego w garażu na praktykowaniu „wiedzy tajemnej", o co obwinia S. Tracha.

Chociaż, o ile się orientuję, dzieciak ćwiczył tylko sztuczki magiczne do konkursu talentów.

Naprawdę mam nadzieję, że „Dreszczaki" nie zostaną zakazane, bo bez nich nie zaliczę „samodzielnej lektury".

Mamy do końca roku przeczytać piętnaście książek, a na mojej liście są WYŁĄCZNIE historyjki S. Tracha. Dowodem przeczytania książki jest przejście przez test wielokrotnego wyboru przeprowadzany przez komputer.

Dotąd miałem z każdego 100%, co chyba wyraźnie pokazuje, że nie czytam po łebkach.

PYTANIE 12:

Kogo pożarła Klekocząca Szczęka?

- ○ matkę
- ○ małego Ellisa
- ○ ojca
- ● wszystkich powyżej

Po powrocie do domu powiedziałem mamie, że pani Mott kazała nam poprawić biogram pisarza i że nie wiem, co robić.

Wtedy ona oświadczyła, że nie znalazłem żadnych informacji o S. Trachu, ponieważ on NIE ISTNIEJE.

Odpowiedziałem, że to bez sensu, bo facet napisał prawie dwieście książek. Na co mama odparła, że czasem wydawca wymyśla sobie fikcyjnego autora i zatrudnia kupę ludzi, żeby pisali pod jego nazwiskiem.

Cóż, jeżeli to prawda, czuję się oszukany. Ale bardziej mi żal ROWLEYA, który wysłał list do S. Tracha i tylko stracił czas.

Drogi Panie S. Trachu,

w pierwszych słowach tego listu chcę powiedzieć, że jestem Pańskim wiernym czytelnikiem. Ale piszę w innej sprawie. Uważam, że książka „Tchórzliwy kot i nawiedzony dom" była ZBYT przerażająca.

Mama próbowała pomóc mi znaleźć innego pisarza, takiego, który byłby prawdziwą istotą ludzką, lecz w tym samym momencie ktoś zapukał do drzwi. Kiedy otworzyłem, na progu stała kobieta. Był z nią dzieciak, którego nigdy wcześniej nie widziałem.

Kobieta nieźle mnie nastraszyła, pytając, czy nazywam się Greg Heffley. Ale wtedy zobaczyłem sflaczały balon w ręku dzieciaka i zrozumiałem, co jest grane.

Najpierw okropnie się ucieszyłem, no bo jeśli ktoś znalazł BALON, to słój z cuksami był mój. Aż nagle przypomniałem sobie, co nawypisywałem w liście. Prawdę mówiąc, wiele z tego chętnie bym teraz cofnął.

> I wreszcie – jeśli znajdziesz ten balon i niezwłocznie mi go zwrócisz, otrzymasz wysoką nagrodę pieniężną. Mam bogatego wujka, który na pewno chętnie zabezpieczy cię finansowo.
>
> Z poważaniem, Greg Heffley

Nie chciałem, aby ci ludzie pomyśleli, że jestem jakimś dziwolągiem, który szuka przyjaciół, wysyłając w świat rozpaczliwe listy. W sumie to mogłem po prostu wziąć balon i zatrzasnąć im drzwi przed nosem.

Ale zanim zdążyłem się obejrzeć, mama już była przy drzwiach i zapraszała tę dwójkę DO ŚRODKA. A trzydzieści sekund później ci kompletnie obcy ludzie siedzieli przy naszym stole w kuchni.

Kobieta powiedziała, że nazywa się pani Selsam, że jej syn ma na imię Maddox i że mieszkają w sąsiednim miasteczku. Okazało się, że ten Maddox ćwiczył grę na skrzypcach w swojej sypialni, kiedy zobaczył przez okno balon zwisający z drzewa.

Pani Selsam dodała, że ich dom znajduje się na uboczu i że właściwie nie mają żadnych sąsiadów. Ona do tego pracuje na cały etat, a wieczorami się uczy, więc nie ma zbyt wielu okazji, by szukać synowi kolegów.

Powiedziała, że kiedy przeczytała list, od razu wiedziała, że to „przeznaczenie". Dlatego natychmiast wsiedli do samochodu i przyjechali.

Robiło mi się coraz bardziej NIESWOJO. Ja tylko próbowałem wygrać trochę cukierków, a teraz sprawy okropnie się skomplikowały.

Ale nim wyjaśniłem, że zaszło nieporozumienie, mama oświadczyła, że powinienem zabrać kolegę na górę i bliżej go poznać, podczas gdy ona i pani Selsam utną sobie pogawędkę.

W ten sposób dzieciak wylądował w MOIM pokoju. I chyba czuł się tak samo niezręcznie jak JA.

Próbowałem wymyślić jakiś temat do rozmowy, ale nie byłem w stanie wydobyć z gościa ani SŁOWA. Wreszcie sobie odpuściłem i zacząłem udawać, że po prostu go nie ma.

Za to kiedy włączyłem komputer, żeby pograć w jakąś gierkę, Maddox nagle stał się ZUPEŁNIE innym człowiekiem. Był teraz na maksa podjarany i wydawał różne dziwne dźwięki.

Nie wiedziałem, CO się z nim dzieje, ale pięć sekund później pani Selsam przygnała do mojego pokoju i wyłączyła monitor. Powiedziała, że nie pozwala synowi grać w gry komputerowe i że jest taki „pobudzony", bo wcześniej żadnej NIE WIDZIAŁ.

Wolałbym, aby nie mówiła, że Maddox nie gra w gry komputerowe, bo nie potrzebuję, żeby mama zaraziła się jakimiś szalonymi ideami.

Dzieciak nie mógł się uspokoić i pani Selsam powiedziała, że chyba powinni już iść. Z czego byłem BARDZO zadowolony. Ale chyba zanadto się pospieszyłem z wypychaniem ich za drzwi, bo kiedy odjechali, dotarło do mnie, że nie odzyskałem balonu.

Sobota

Wczoraj powiedziałem wicedyrektorowi, że ktoś znalazł mój balon. Ale pan Roy nie chciał dać mi słoika, dopóki nie przedstawię dowodu.

No więc dzisiaj, kiedy mama powiedziała, że chciałaby zabrać mnie do nowego kolegi, żebyśmy się pobawili, nie protestowałem. Wyobrażałem sobie, że zapodam krótką gadkę szmatkę, złapię balon i będę z powrotem w samochodzie.

Cóż, mama miała INNE plany. Kiedy dotarliśmy na miejsce, czyli faktycznie w sam środek NICZEGO, stwierdziła, że wybierze się do miasteczka na kawę z panią Selsam, a ja zostanę z Maddoksem.

Wierzcie mi, gdybym wiedział, że TAK to będzie wyglądało, w życiu nie dałbym się zaciągnąć do auta.

Kiedy mama mnie wysadziła, postanowiłem robić dobrą minę do złej gry. Maddox tym razem MÓWIŁ, a to było już coś na początek.

Zapytałem, czy ma jakieś śmieciowe żarcie, ale powiedział, że jego mama nie daje mu żadnych rzeczy w tym stylu. No więc zaproponowałem, żebyśmy pooglądali TV, na co odparł z kolei, że NIE MAJĄ telewizora.

Najpierw myślałem, że żartuje, ale rzeczywiście: w salonie, tam gdzie powinien stać telewizor, zobaczyłem REGAŁ Z KSIĄŻKAMI.

Zresztą w tym domu książki były WSZĘDZIE.

Spytałem, co w takim razie robi, żeby się rozerwać. Wtedy Maddox wyjaśnił, że ćwiczy grę na skrzypcach albo bawi się klockami Lego. Z ulgą przyjąłem fakt, że ma jakieś ZABAWKI, bo zaczynałem się już o niego martwić.

Ale kiedy pokazał mi swój pokój, kompletnie mnie zamurowało.

On tam miał całe MIASTECZKO z Lego. Stwierdził, że w przyszłości będzie inżynierem, więc kiedy prosi o nowe zestawy klocków, mama mu je kupuje. Cóż, na moje oko wydała na niego MAJĄTEK.

Chciałem się pobawić którymś z większych zestawów, ale on nie pozwolił mi nawet PODEJŚĆ.

Oświadczył, że mogę pogrzebać w pudełku z nadprogramowymi klockami. Co było dużym rozczarowaniem, bo w pudle walały się tylko różne przypadkowe elementy.

No więc gdy Maddox składał statek kosmiczny z pięciuset kawałków, ja zrobiłem, co w tych okolicznościach było w mojej mocy.

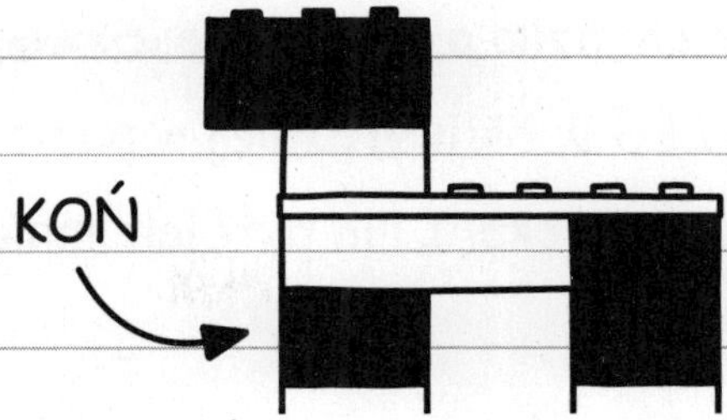


Minęło jakieś półtorej godziny i mama wreszcie wróciła. Na szczęście mój balon leżał na małym stoliku przy drzwiach wejściowych, więc złapałem go, wychodząc.

Ale gdy już miałem wsiadać do samochodu, pani Selsam przybiegła do nas z dzieciakiem schowanym za jej plecami. Maddox powiedział, że go „okradłem". Próbowałem wyjaśnić, że balon to MOJA własność i że tylko jedzie ze mną Z POWROTEM.

Ale Maddoksowi chodziło o coś innego. Stwierdził, że ukradłem mu LEGO. Najwyraźniej w pudle brakowało jednego klocka. I nie pytajcie mnie, JAK on się tego doliczył.

Zarzekałem się na wszystkie świętości, że nie zabrałem żadnego klocka, i nawet wywróciłem kieszenie na lewą stronę, aby to udowodnić. Ale on NADAL nie dawał za wygraną.

No więc w końcu dałem się im przeszukać, co było niesamowicie upokarzające. Choć muszę przyznać, że poczułem ogromną satysfakcję, kiedy nic nie znaleźli.

Po tej rewizji sądziłem, że jestem czysty, i odwróciłem się, żeby wejść do auta.

Ale właśnie wtedy Maddox wypatrzył klocek Lego przyklejony do mojego łokcia.

I wiecie, co jest najgorsze? To był jeden z tych tycich kwadracików. Założę się, że koleś ma ich MILIARDY.

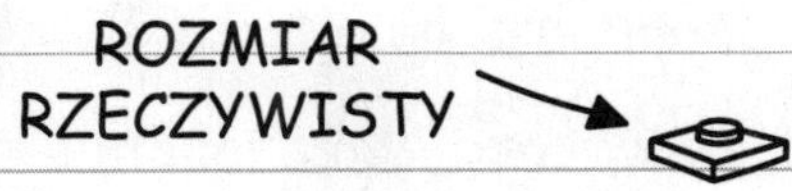


Tyle w temacie nowej przyjaźni.

Plus sytuacji był taki, że dostałem to, na czym mi zależało. Ale mama w drodze powrotnej wydawała się zdenerwowana. Myślałem, że się na mnie wścieka o ten klocek, ale jej chodziło o coś innego.

Powiedziała, że jest zawiedziona, bo nie dogadcłem się z Maddoksem, który byłby dla mnie „takim dobrym wzorcem".

Cóż, jeśli mama chce mnie zapoznać z kimś, kogo będę PODZIWIAŁ, musi postarać się trochę bardziej.

Poniedziałek

Przez ostatnie dni mama przeprowadzała na mnie i na Rodricku eksperyment. Chciała sprawdzić, jak długo wytrzymamy, zanim jeden z nas wyniesie śmieci bez przypominania. No ale chyba oblaliśmy ten sprawdzian, bo wczoraj wieczorem się poddcła.

Podczas kolacji oświadczyła, że nie po to poszła na studia, aby sprzątać po wszystkich i zeskrobywać gumę do żucia z naszych butów. Powiedziała, że potrzebuje więcej „bodźców intelektualnych" i zamierza wrócić do szkoły na serio, to znaczy obronić pracę magisterską.

W związku z tym każdy z nas ma wziąć na siebie jakieś dodatkowe obowiązki, co jednak według mamy „nie musi być nudne". Dlatego właśnie powstała Torba Niespodzianka, która jest poszewką na poduszkę wypełnioną świstkami papieru z wypisanymi różnymi pracami domowymi.

Nie mam wątpliwości, że mama znalazła ten pomysł w czasopiśmie „Radosna Rodzinka".

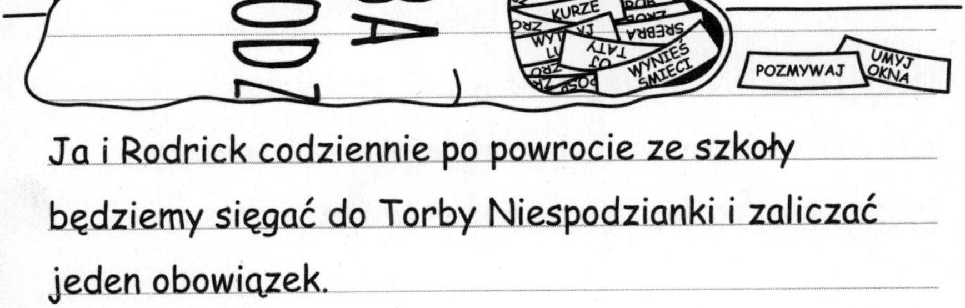


Ja i Rodrick codziennie po powrocie ze szkoły będziemy sięgać do Torby Niespodzianki i zaliczać jeden obowiązek.

Mama powiedziała, że jeśli się wykażemy, w tym roku da nam halloweenowe słodycze trochę wcześniej.

Cóż, a więc one są GDZIEŚ w domu. Ale to i tak miał być tylko BONUS, bo dzisiaj w szkole wymieniłem balon na wielki słój z cuksami. Gdy tylko dotarłem do domu, schowałem słoik w dolnej szufladzie mojej szafki, żeby nie musieć się z nikim dzielić.

Kiedy zapewniłem bezpieczeństwo słojowi, zagłębiłem rękę w Torbie Niespodziance i wyciągnąłem WYPOLERUJ SREBRA, chyba najgorszy obowiązek w całej puli.

Rodrick najwyraźniej dorzucił do torby coś OD SIEBIE, bo znalazłem mojego brata śpiącego, a obok karteczkę z jego charakterem pisma.

Postanowiłem nagrodzić się cukierkiem za skończenie ze srebrami, ale kiedy wszedłem do pokoju, szuflada była otwarta, a słoik PUSTY.

Odszukanie winowajcy nie zajęło mi dużo czasu. Znalazłem świnię zataczającą się w kuchni, jakby była pijana albo coś w tym rodzaju.

Najpierw strasznie się wściekłem, bo prosiak nie tylko zeżarł wszystkie moje cukierki, ale też jakimś cudem odkręcił pokrywkę.

Wtedy jednak zacząłem się trochę MARTWIĆ, bo świnia naprawdę nie wyglądała za ciekawie.

Przyszło mi do głowy, że dziadek będzie wiedział, co robić, ale zaraz się okazało, że jest na randce z panią Fredericks. No więc obudziłem Rodricka i zapytałem JEGO, co robimy, na co on, że powinienem zadzwonić do taty. Tak zrobiłem, tylko że tata miał jakieś zebranie.

Nie chciałem zawracać głowy mamie, bo była na uczelni. Ale świnia zaczęła się robić zielona i w końcu wykonałem ten telefon. Powiedziałem, że prosiak wygląda niezdrowo, a mama zapytała, czy zjadł coś dziwnego.

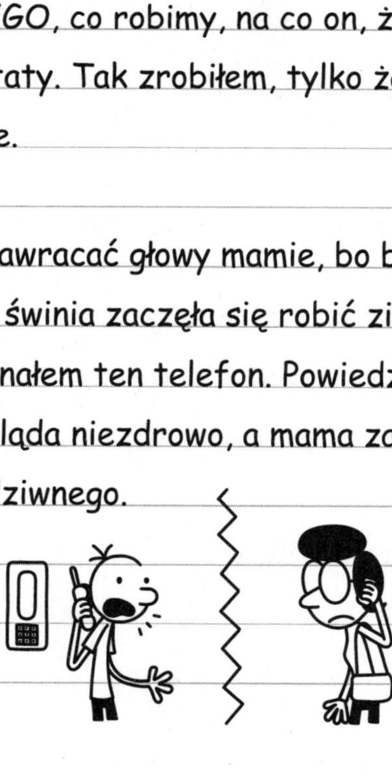

Naprawdę nie chciałem jej mówić, że świnia dobrała się do moich cukierków, więc odpowiedziałem, że nie jestem pewien. Wtedy mama stwierdziła, że na wszelki wypadek powinniśmy pojechać do weterynarza i że zobaczymy się na miejscu.

Rodrick nie był zachwycony, bo obudziłem go po raz drugi w ciągu pięciu minut. Ale jeden rzut oka na świnię wystarczył, by zrozumieć, że musimy się sprężać.

W furgonetce Rodricka usiadłem z tyłu ze świnią. Ale w połowie drogi ona zaczęła wydawać dziwne dźwięki.

Gdy zawołałem do Rodricka, żeby się zatrzymał, było już za późno.

Po podłodze furgonetki mojego brata rozlała się ogromna, papkowata, żółtopomarańczowa kałuża. A ja jestem pewien, że już nigdy nie spojrzę na halloweenowe cukierki tak samo.

Rodrick stwierdził, że to moja wina i że to JA powinienem posprzątać wymiociny świni. A potem wręczył mi rolkę ręczników papierowych i powiedział, żebym się pospieszył.

Choć kałuża teoretycznie składała się z cukierków, pachniała ZUPEŁNIE inaczej. Usiłowałem jakoś ją zetrzeć, wstrzymując jednocześnie oddech, ale to była przegrana sprawa.

Wreszcie nie mogłem tego znieść ani chwili dłużej. Zrozumiałem, że za chwilę ja TEŻ puszczę pawia. Na szczęście zdążyłem wystawić głowę z furgonetki.

Ale na NIESZCZĘŚCIE zobaczyła mnie jakaś kobieta. Grabiła liście w swoim ogródku, gdy Rodrick przed nim zahamował.

Pewnie pomyślała, że jesteśmy trudną młodzieżą i że to jakiś chuligański wybryk, bo wrzasnęła, że zadzwoni po GLINY.

No więc schowałem głowę z powrotem do furgonetki i ruszyliśmy, paląc gumy, w stronę autostrady. Ale nie zajechaliśmy daleko.

Byłem w stanie wszystko wyjaśnić temu policjantowi. On jednak nie wydawał się zainteresowany szczegółami.

Kiedy tylko policjanci odjechali, mama wypatrzyła wóz Rodricka na autostradzie i zatrzymała się za nami. I wtedy się okazało, że świnia chyba jeszcze nie do końca sobie ulżyła, bo chlusnęła z niej kolejna porcja cukierków w płynie.

Wtorek

Wczoraj wieczorem po powrocie do domu mama powiedziała, że nie jest zła, tylko ZAWIEDZIONA. A jeśli o nią chodzi, to jeszcze GORSZA opcja.

Oświadczyła, że niepokoi ją mój „schemat postępowania" i że ze względu na incydent w domu pani Selsam i wypadek ze świnią nie sądzi, aby mogła mi ufać. Wyjaśniłem po raz milionowy, że historia z Lego była zwykłym nieporozumieniem, ale ona miała już wyrobione zdanie na ten temat.

Poprzednio odbyliśmy taką rozmowę, gdy byłem w czwartej klasie. A wtedy faktycznie miałem nieźle za uszami.

Wszystko zaczęło się od niewinnego drobiazgu. Mama co rano pakowała mi do szkoły drugie śniadanie, a ja zjadałem kanapkę i coś słodkiego, ale wywalałem owoc.

Mama jakoś się domyśliła, że wyrzucam owoce, więc pewnego dnia, wkładając jabłko do mojego plecaka, kazała mi obiecać, że przyniosę do domu ogryzek na dowód, że je zjadłem. Powiedziała, że jeśli tego NIE ZROBIĘ, nie będzie więcej pakować mi słodyczy.

W porze drugiego śniadania zupełnie zapomniałem o złożonej obietnicy i pozbyłem się jabłka jak zwykle.

A kiedy wróciłem do domu, mama zapytała, gdzie ogryzek.

Pewnie mogłem się po prostu przyznać, ale z jakiegoś powodu zacząłem zmyślać. Powiedziałem, że rano napadł mnie szkolny dręczyciel i odebrał mi jabłko.

To było naprawdę żałosne kłamstwo, ale za bardzo się zestresowałem perspektywą utraty słodyczy, by powiedzieć prawdę.

Sądziłem, że moja bajeczka jest zbyt beznadziejna, aby mama w nią uwierzyła. Ona jednak zażądała więcej informacji o dręczycielu, więc puściłem wodze fantazji.

Powiedziałem, że ten chłopak nazywa się Curtis Litz, że jest o jakieś trzydzieści centymetrów wyższy ode mnie, że ma zrośnięte brwi i pieprzyk na podbródku. Byłem gotowy opisać każdy SZCZEGÓŁ.

Mama oświadczyła, że mogłaby interweniować. Dodała jednak, że to dobra okazja, abym nauczył się SAMODZIELNIE rozwiązywać konflikty.

No więc tamtego wieczoru dała mi długopis i kartkę i kazała napisać list do Curtisa.

Drogi Curtisie,

proszę, nie zabieraj
mi więcej jabłek.
Moja mama mówi, że
potrzebuję ich, by
prawidłowo się rozwijać.

Z szacunkiem,
Greg Heffley

I pewnie mogło na tym się zakończyć. Ale coś mnie podkusiło, by napisać odpowiedź. A żeby mama miała pewność, jak ZŁYM kolesiem jest Curtis, dodałem na dole nieprzyzwoity rysunek.

DROGI GREGORY,

TWOJE JABŁKO BYŁO
CZADOWE. POWIEDZ
MAMCI, ŻEBY ODPALIŁA
MI JUTRO JESZCZE
JEDNO.

CURTIS

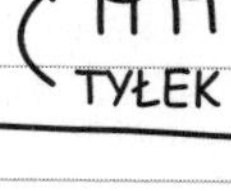

Cóż, tu chyba posunąłem się za daleko, bo następnego dnia mama przyszła do szkoły z listem, żądając wydania jej Curtisa Litza.

Sekretarka powiedziała, że do naszej szkoły nie chodzi żaden uczeń o tym nazwisku. A kiedy mama kazała mi się wytłumaczyć, odparłem, że widocznie ma indywidualny tok nauczania.

Po tym zdarzeniu trochę się wystraszyłem, więc przez następne dwa tygodnie Rowley zjadał moje jabłko, a ja przynosiłem do domu ogryzek.

Wydawało się, że mama o wszystkim zapomniała, aż pewnej niedzieli usiedliśmy w kościele za Bartlemanami. Ich syn Tevin, piątoklasista, wyglądał zupełnie jak mój Curtis Litz i mama to zauważyła.

Powiedziała rodzicom Tevina, że wychowują młodocianego przestępcę i że wiszą jej jabłka. Miałem straszne wyrzuty sumienia, bo Tevin Bartleman to fajny dzieciak, a jego rodzina w każde sobotnie przedpołudnie pomaga w kuchni dla ubogich.

Trochę później tamtego roku mama dołączyła do Komitetu Dobroczynności, w którym przewodniczącą była pani Bartleman. Szybko skojarzyła fakty i tak zarobiłem miesięczny szlaban na telewizję.

Ale w sumie zostałem ukarany DWA razy, bo przez resztę roku szkolnego, gdy tylko Tevin widział mnie na korytarzu, spuszczał mi łomot.

Wczoraj wieczorem mama postanowiła, że moją karą za kłamstwo będą TRZY obowiązki dziennie z Torby Niespodzianki zamiast jednego. I tak aż do końca tygodnia.

Niestety wyrzuciła już karteczki Rodricka, czyli nie mam szans na złagodzenie kary.

Kiedy mama skończyła ze mną wczoraj wieczorem, powiedziała, że jestem mądrym dzieckiem z bogatą wyobraźnią, tylko muszę WŁAŚCIWIE jej używać.

No cóż. Nie jestem dumny z tego, że naściemniałem, ale wierzcie mi, w naszej rodzinie nie ja JEDEN mijam się z prawdą.

Słyszałem, że przeciętny dorosły kłamie dziesięć razy na tydzień, ale jeśli chcecie znać moje zdanie, to te szacunki są ZANIŻONE.

Po raz pierwszy mama nabrała mnie chyba wtedy, kiedy miałem jakieś trzy latka, a ona chciała, żebym zjadł brokuły.

Poza tym mama nie ma najwyraźniej żadnego problemu z wciskaniem kitu MANNY'EMU.

W grudniu zeszłego roku, kiedy postawiła domek z piernika na kuchennym stole, powiedziała młodemu, żeby nie dotykał go aż do Gwiazdki, bo inaczej domek zmieni się w milion pająków. Przyznacie, że to szaleństwo mówić podobne rzeczy przedszkolakowi. Ale kłamstwo mamy obróciło się przeciwko niej, gdy Manny spsikał piernik sprejem na robale.

Z taty to w sumie szczery gość. Ale nawet ON zmyśla, kiedy prawda jest dla niego niewygodna.

Dawniej nie znosił, gdy w okolicy pojawiała się furgonetka lodziarza, bo ja i Rodrick, słysząc melodyjkę, zaraz zaczynaliśmy błagać o pieniądze.

No więc kiedyś wpuścił nas w maliny. Powiedział, że lodziarz puszcza muzyczkę wtedy, kiedy lody już mu się SKOŃCZYŁY.

Myślę zresztą, że ściemnianie może być dziedziczne, bo DZIADEK też wstawia głodne kawałki. Ale powinien był uzgodnić swoją wersję z tatą, zamiast mówić nam, że lodziarz to tak naprawdę klaun, który przekłada dzieci przez kolano, jeśli zobaczy je kręcące się przy samochodzie.

Muszę z pewnym zażenowaniem wyznać, że kiedy dziadek powiedział mi to po raz pierwszy, UWIERZYŁEM.

I natychmiast poczułem się w obowiązku uświadomić INNE dzieciaki.

Nauczyłem się już, że dorosłym w naszej rodzinie nie należy ufać, ale nikt nie namieszał mi w głowie bardziej niż RODRICK.

Pierwsze kłamstwo, jakie od niego usłyszałem, było następujące: jeśli człowiekowi rozsupła się pępek, to odpadnie mu TYŁEK.

Szybko się upewniłem, czy wiedzą o tym moi koledzy z przedszkola, czym wywołałem grubszą aferkę.

Mniej więcej w tamtym czasie Rodrick powiedział mi, że deski sedesowej używają tylko dziewczyny. I że chłopaki powinny ją podnosić. W KAŻDYCH okolicznościach.

Uwierzyłem mu. I gdybym niechcący nie zostawił pewnego wieczoru drzwi otwartych, mógłbym korzystać z kibelka w niewłaściwy sposób już do końca życia.

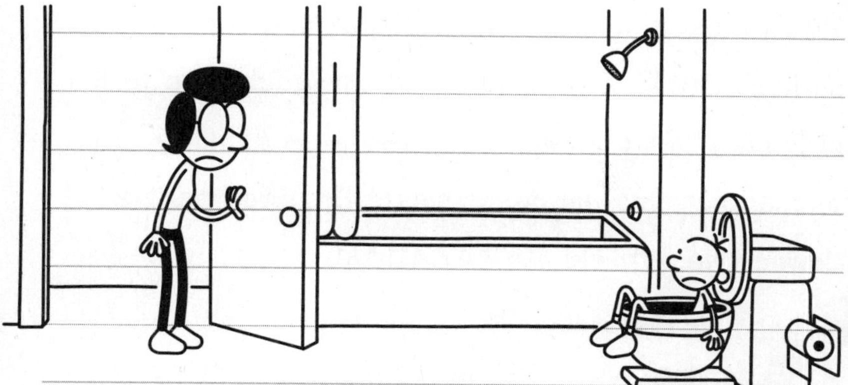

Czasem kłamstwa Rodricka pakowały mnie w KONKRETNE kłopoty. Kiedy byłem w drugiej klasie, powiedział mi, że jeśli ktoś nosi moro, staje się NIEWIDZIALNY.

W ten sposób załatwiłem sobie zakaz wstępu na basen aż do końca lata.

Wiele bajeczek Rodricka uderzyło mnie też po KIESZENI. Kiedyś mój brat oświadczył, że jeśli wykopię dołek i ukryję w nim swoje urodzinowe pieniądze, wyrośnie mi Forsiaste Drzewo i będzie dawać tyle gotówki, ile ZAŻĄDAM.

A tej perspektywie NIE potrafiłem się oprzeć.

No więc zrobiłem, jak mi poradził, a nawet podlewałem to miejsce dwa razy dziennie. Ale kiedy poskarżyłem się mamie, że Forsiaste Drzewo nie rośnie, ona wzięła łopatę i odkopała moją kryjówkę, która okazała się PUSTA.

Cieszę się z interwencji mamy, bo jeszcze dzień lub dwa i całe moje urodzinowe pieniądze zostałyby przepuszczone na balonówę i komiksy.

Bywa i tak, że Rodrick zabiera moją kasę bez żadnych ceregieli.

Pewnego razu, kiedy wypadł mi mleczak, położyłem go pod poduszką dla Wróżki Zębuszki. Ale gdy poszedłem zobaczyć, czy dostałem za niego pięćdziesiąt centów, znalazłem liścik, który bez wątpienia napisał mój starszy brat.

SORKI, JESTEM SPŁUKANA.
COŚ CI KOPSNĘ
NASTĘPNYM RAZEM.
W.Z.

Rodrick powiedział, że Zębuszka to tylko JEDNA z wróżek, które zjawiają się w środku nocy i przynoszą hajs. Poinformował mnie, że są jeszcze Wróżka Ramieniuszka i Wróżka Nóżka oraz kupa ich koleżanek.

Dodał też, że kiedy człowiek robi się starszy, jego dziecięce ręce i nogi odpadają, a wtedy musi włożyć je pod poduszkę i czekać na szmal.

PO CZYM zaczynają mu rosnąć dorosłe ręce i nogi. Chociaż czasem pojawiają się trochę za wcześnie.

PRZERAZIŁEM SIĘ, że coś takiego może spotkać MNIE, więc odtąd co wieczór sprawdzałem, czy przypadkiem któraś ręka albo noga nie zaczyna mi się obluzowywać.

Mój brat zawsze potrafił coś wymyślić, żeby mnie nastraszyć. Zanim nasza piwnica została wykończona, pod stopniami schodów była pusta przestrzeń.

Rodrick oznajmił, że jeśli będę szedł po schodach zbyt wolno, potwór złapie mnie za kostkę. A więc od tamtej pory już zawsze pokonywałem stopnie po dwa.

Kiedy opanowałem TĘ umiejętność, zacząłem przeskakiwać stopnie po TRZY. Ale chyba byłem zbyt ambitny.

Wreszcie piwnica została wykończona. Pustej przestrzeni pod schodami już nie ma. Ale piwnica BABCI nadal jest w stanie surowym. I dlatego, gdy tam chodzę, zawsze pamiętam o względach bezpieczeństwa. Najpierw się upewniam, czy teren jest czysty.

Innym razem Rodrick napędził mi stracha, mówiąc, że jeśli beknę w jakimś pomieszczeniu, przyjdzie po mnie duch Jerzego Waszyngtona. Nie mam pojęcia, JAK do tego doszedł, ale do dziś przeżywam chwilę zawahania, nim otworzę napój gazowany.

Niekiedy Rodrick mówi coś, co nawet MOGŁOBY być prawdą, i wtedy sytuacja się komplikuje.

Raz stwierdził, że jeśli człowiek śpi z otwartymi ustami, zjada średnio pięć pająków jednej nocy, co nie wydaje się takie znowu nieprawdopodobne.

Kiedy indziej powiedział, że niebezpiecznie jest obudzić kogoś, kto lunatykuje. Pomyślałem wtedy, że to możliwe, bo byłem pewien, że gdzieś już coś takiego słyszałem.

Ale kilka nocy później przyłapałem Rodricka na jedzeniu kanapki lodowej, która była MOJĄ własnością, i zrozumiałem, że to jeszcze jeden z jego numerów.

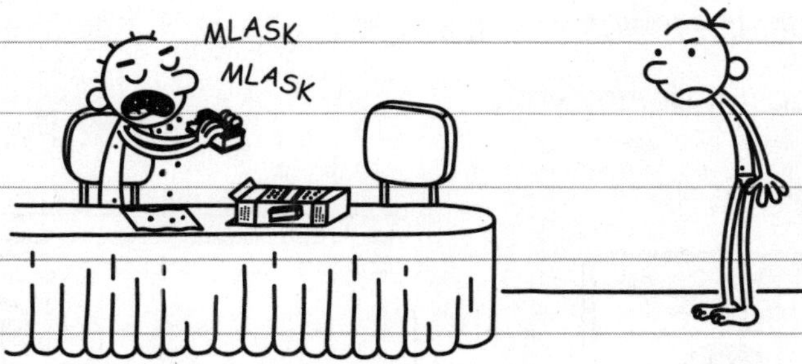


Tyle razy robiono mi już wodę z mózgu, że mógłbym spędzić resztę życia na ustalaniu, co jest prawdą, a co kłamstwem.

Ale tymczasem zachowam środki ostrożności.

Czwartek

Mama chodzi do szkoły dopiero od paru dni, ale już się zachowuje jak KOMPLETNIE inna osoba. Kiedy wraca wieczorem, zawsze jest w dobrym humorze. Nawet nie dostaje szału, jeśli nawalam z pracami domowymi.

Mówi, że jest szczęśliwa, bo szkoła zmusza ją do ciągłego rozwoju. I że my też powinniśmy pouczyć się nowych rzeczy.

Ale ja mam na ten temat pewną teorię. Rozum nie jest z gumy. I kiedy człowiek kończy osiem albo dziewięć lat, w jego mózgu brakuje już wolnego miejsca.

Więc jeśli chcecie nauczyć się czegoś NOWEGO, musicie najpierw pozbyć się czegoś STAREGO.

Pewnie dlatego nauka w kolejnych klasach robi się coraz trudniejsza. Gdy tylko do mózgu wskakuje nowa informacja, on automatycznie kasuje POPRZEDNIĄ.

Mam zresztą na to dowody. Odkąd na przyrodzie nauczyłem się fotosyntezy, już nie potrafię dzielić liczb wielocyfrowych.

**Zadanie 1.** Ile wynosi 367 podzielone przez 12? Pokaż, w jaki sposób otrzymałeś wynik.

ZERO POJĘCIA.

Chciałbym móc DECYDOWAĆ, czego mój mózg się pozbywa. Za nic nie mogę sobie przypomnieć kodów do Zakręconego Czarownika, ale wciąż doskonale pamiętam, jak raz nastraszyłem tatę, kiedy wychodził spod prysznica.

Wierzcie mi, wiele bym dał, aby wymazać TEN obraz z mojego banku pamięci.

Mama mówi, że ja i Rodrick musimy zacząć myśleć, kim zostaniemy w przyszłości, i już TERAZ brać się do roboty. Jej zdaniem dzieci powinny ciągle próbować nowych rzeczy: odkrywać, co sprawia im przyjemność i na czym warto się skupić.

Ale ja już WIEM, jak będzie wyglądać moja ścieżka kariery. Zamierzam zostać testerem gier wideo. Prawda jest taka, że kształciłem się w tym kierunku, odkąd byłem dość duży, by utrzymać w dłoni joystick.

Ale gdy tylko napomykam mamie o swoich planach, ona nie wydaje się zbyt podekscytowana.

Mówi, że powinienem mierzyć WYŻEJ i zostać inżynierem, lekarzem czy kimś w tym stylu. Ciągle od niej słyszę, że jeśli będę tylko grał w gierki i nie zacznę przykładać się do nauki, skończę jako śmieciarz.

Cóż, jedyny lekarz, jakiego znam, to nasz pediatra, doktor Higgins. I powiem wam, że jakoś się nie widzę w roli gościa odsysającego dzieciakom smarki z nosów.

A co do pracy śmieciarza, to może być ZUPEŁNIE niezła fucha. Kolesie, którzy opróżniają nasze kubły, są cały dzień na świeżym powietrzu i słuchają muzy pogłośnionej na maksa. Więc jeśli coś mi nie wypali z testowaniem gier wideo, rozważę zakład oczyszczania miasta jako interesujący plan B.

Kiedy byłem mały, mama zawsze powtarzała, że gdy dorosnę, zostanę, kim tylko zechcę.

Ale dopiero niedawno zrozumiałem, że chodziło jej o PRACĘ. Bo widzicie, wcześniej myślałem, że autentycznie mogę być, kim ZECHCĘ.

Ciągle słyszę od mamy, że nasza rodzina jest nie w ciemię bita i że jedna z moich ciotecznych prapraprababek pomogła wynaleźć lekarstwo na jakąś chorobę.

Ale wierzcie mi, w naszej rodzinie nie brak też PÓŁGŁÓWKÓW. Nie dalej niż w zeszłym tygodniu mój wujek Gary próbował odpiłować wielką gałąź na swoim podjeździe, no i skończyło się to złamanym obojczykiem.

Z ludźmi pokroju wujka Gary'ego w mojej puli genetycznej to cud, że potrafię zawiązać sobie buty. Ale mama uparcie twierdzi, że jestem stworzony do wielkich rzeczy, tylko muszę przysiąść fałdów.

Albert Sandy mówi, że istota ludzka wykorzystuje jedynie 80% swojego mózgu i że gdybyśmy dobrali się do POZOSTAŁYCH 20%, dawalibyśmy czadu.

Jeżeli tak się zdarzy, że właśnie ja odkryję sposób zapędzenia do pracy tych 20%, nie zdradzę nikomu swojej tajemnicy. Bo jeśli wszyscy zaczną używać mózgów w 100%, świat oszaleje.

Środa

Mama próbuje zarazić Rodricka swoim entuzjazmem w kwestii wyższego wykształcenia. Mówi, że już najwyższy czas, aby mój brat zaczął rozglądać się za jakąś uczelnią.

Ale Rodrick nadal jest przekonany, że jego kapela stanie się megapopularna i że studia to strata czasu dla kogoś takiego jak on. Mama chyba zaczyna się tym trochę martwić, bo zwolniła Rodricka z obowiązków domowych i kazała mu spędzać pół godziny dziennie na szukaniu szkoły.

Rodrick napisał już w kilka miejsc z pytaniem o rekrutację i mama niesamowicie się ucieszyła, kiedy dostał odpowiedzi. Ale większość tych listów przyszła ze szkół dla PSÓW, co oznacza, że albo mój brat nie czytał ze zrozumieniem, albo tak właśnie ocenia swoje szanse dostania się na studia.

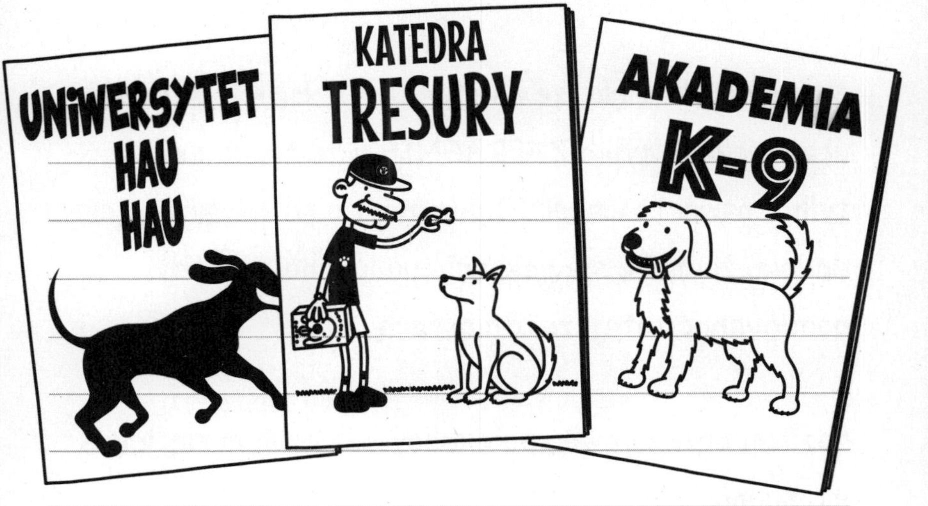


Rodrick nie okazuje zainteresowania tematem, więc mama skupia swoje wysiłki na MNIE. W poniedziałek pojechaliśmy na jej uczelnię, żebym zobaczył, jak wygląda kampus, no i muszę przyznać, że byłem pod wrażeniem.

Mama powiedziała, że na studiach człowiek może się uczyć, czego tylko ZAPRAGNIE, i że trzeba mieć tylko „otwarty umysł". Zanim poszła na swoje zajęcia, dodała, że mogę się pokręcić po kampusie, żeby pooddychać tutejszą atmosferą.

Łaziłem przez chwilę po okolicy, ale czułem się jakoś nie na miejscu.

No więc w końcu klapnąłem sobie w bibliotece, żeby poczekać tam na mamę.

Zacząłem odrabiać pracę domową. Czułem, że studenci gapią się na mnie, próbując zrozumieć, co gimnazjalista robi na uniwerku.

Wtedy sobie przypomniałem o tej dziewczynie w moim wieku, która jest taka rozgarnięta, że już studiuje medycynę. I doszedłem do wniosku, że jeśli będę wyglądać mądrze, kolesie w bibliotece pomyślą, że jestem JEDNYM Z NICH.

No więc zgarnąłem z najbliższej półki kupę grubych książek o psychologii i zacząłem udawać, że świata poza nimi nie widzę.

Parę minut później jakaś dziewczyna dosiadła się do mnie i zagadała.

Oświadczyła, że wyglądam na bystrego chłopaka, i spytała, czy mógłbym pomóc jej się przygotować do kolokwium z psychologii.

Cóż, nie mam zielonego pojęcia o tej całej psychologii, ale pojąłem w lot, że TAKA okazja zdarza się tylko raz w życiu. Dlatego powiedziałem dziewczynie, że teraz jestem zajęty, ale chętnie pouczę się z nią JUTRO.

Kiedy mama wróciła z zajęć, wziąłem jej kartę biblioteczną i wypożyczyłem wszystkie podręczniki do psychologii, jakie udało mi się znaleźć. Tamtej nocy zakuwałem jak nigdy.

Rano byłem GOTOWY. Poprosiłem mamę, żeby jeszcze raz zabrała mnie na uniwerek, co chyba wprawiło ją w zachwyt.

Przez dwie godziny uczyłem się z tą laską do jej sprawdzianu, a kiedy skończyliśmy, wiedziałem, że dostanie dobrą ocenę. Ale wtedy nagle pojawił się jakiś olbrzym, który najwyraźniej był jej CHŁOPAKIEM. Wierzcie mi: gdybym wiedział, że jest inny mężczyzna, nie zarywałbym nocki, nabijając sobie głowę masą niepotrzebnych informacji.

Jeśli tak właśnie wyglądają studia, to chyba je sobie DARUJĘ. A przy okazji: miałem rację z tym uczeniem się nowych rzeczy. Dziś na klasówce ze stolic nie pamiętałem ani jednej.

Poniedziałek

Ostatnio w szkole gada się tylko o imprezie halloweenowej, którą w najbliższy piątek urządza Mariana Mendoza. Co dla mnie osobiście jest trochę irytujące, bo nie zostanę zaproszony.

Imprezy Mariany są legendarne, a to dlatego, że jej rodziców ZUPEŁNIE nie obchodzi, co się na nich dzieje, byleby tylko nie wychodziły poza piwnicę.

Ta zeszłoroczna TOTALNIE wymknęła się spod kontroli. Zaczęła się w piwnicy, to FAKT, ale przylazło tylu ludzi, że wylała się do ogródka i musiała interweniować policja. Całkiem nieźle jak na gimnazjalną potańcówkę.

W tym roku rodzice Mariany powiedzieli, że ma być KAMERALNIE, więc zaproszone zostaną tylko dzieciaki, które grają razem z nią w szkolnej orkiestrze. A to zła wiadomość dla kogoś takiego jak ja, kto liczył, że się wkręci.

Rowley na przykład załapie się na zaproszenie, bo jest w orkiestrze. Choć uważam, że jeszcze nie dorósł do TAKIEJ imprezy.

Myślałem o tym wszystkim dziś w szkole, aż nagle wpadłem na GENIALNĄ myśl. Jeśli zapiszę się do ORKIESTRY, wejdę na imprezę Mariany.

Wieczorem, kiedy powiedziałem rodzicom, że chciałbym grać w orkiestrze, mama przyjęła to z entuzjazmem. Była w siódmym niebie, bo w końcu postanowiłem podjąć RYZYKO i spróbować czegoś nowego. Ale tata wcale nie szalał z radości.

Powiedział, że instrumenty są DROGIE i że nie sądzi, abym wytrwał w swoim postanowieniu. Wtedy mama odparła, że Rodrick nie zrezygnował z PERKUSJI. Co chyba nie było najlepszym argumentem.

I wtedy tata wyciągnął historię z pianinem.

Dwa lata temu, na tydzień przed Bożym Narodzeniem, mama zobaczyła, jak się bawię jednym z tych elektronicznych pianinek w galerii handlowej. Było w porządku, bo miało mnóstwo guzików i naśladowało różne dźwięki.

Myślę, że mama przeholowała z optymizmem, uznając, że interesuję się instrumentami. W każdym razie w Wigilię przyjechało do nas ciężarówką prawdziwe, wielgachne pianino.

Sądząc po reakcji taty, nie uzgodniono z nim tego zakupu.

Najpierw niesamowicie się podjarałem, ale kiedy odkryłem, że prawdziwe pianino nie wydaje odgłosów miecza świetlnego ani innych takich, szybko straciłem całe zainteresowanie.

Mama nie zamierzała poddać się tak szybko. Wynajęła niejaką panią French, nauczycielkę gry na pianinie, żeby dwa razy w tygodniu dawała mi lekcje.

Pani French znała się na swojej robocie, ale ja byłem OKROPNYM uczniem.

Pierwszym problemem okazała się metoda nauczania. Pani French siadała za mną i kładła swoje palce na MOICH. Cóż, może takie podejście działało na NIEKTÓRYCH jej uczniów, ale zdecydowanie nie działało na MNIE.

Drugim problem była muzyka sama w sobie. Gdybym naprawdę miał grać na pianinie, to chciałbym się uczyć fajnych piosenek, takich jakie puszczają w radiu. Ale pani French powiedziała, że muszę zacząć od PODSTAW, i dała mi „Łatwe utwory na fortepian", nuty, które wyglądały na starsze od niej.

Wszystkie piosenki w tej książce były naprawdę obciachowe i trudno mi się było w nie wkręcić.

Miałem doła, bo pani French zadawała mi pracę domową na każdej lekcji, a ja NIGDY nie ćwiczyłem. No więc kiedy przychodziła, zawsze musieliśmy zaczynać od „Pszczółki Bze", co zapewne doprowadzało ją do szału.

Wreszcie pani French dała sobie spokój z uczeniem mnie czegokolwiek i już tylko czytała prasę kolorową, kiedy ja zajmowałem się własnymi sprawami.

I ten system działał przez miesiąc albo dwa, ale w końcu nakryła nas mama i to był koniec moich lekcji.

Teraz pianino jest tylko ogromnym gratem zawalającym cały salon. Rodzice chyba ciągle je spłacają, więc potrafię zrozumieć, że tata nie skacze z radości, słysząc o NOWYM instrumencie.

Na szczęście mama stanęła po mojej stronie. Powiedziała, że może pianino nie było mi PRZEZNACZONE i że czasem instrument sam sobie wybiera CZŁOWIEKA. Aż wreszcie przekonała tatę, mówiąc, że dzieci, które uczą się muzyki, dostają wyższe oceny z matematyki, a potem lepszą pracę.

Pół godziny później byliśmy już w sklepie muzycznym w śródmieściu i wybieraliśmy instrument.

A w instrumencie najważniejsze jest to, żeby ŚWIETNIE z nim wyglądać. Na uczelni widziałem jednego kolesia brzdąkającego na gitarze przed biblioteką, no i wiem, że gość dokonał ZNAKOMITEGO wyboru.

Niestety w szkolnej orkiestrze nie gra się na gitarze. W tej sytuacji musiałem poszukać czegoś innego.

Najpierw spodobał mi się saksofon, bo nie ma opcji, żeby nie wyglądać z nim ZABÓJCZO. Odkryłem to dzięki Declanowi Vaughnowi, który ćwiczy na szkolnych przerwach.

Ale saksofon ma DUŻO za dużo przycisków i wiedziałem, że nigdy się w nich nie połapię.

Mama zasugerowała, żebym rzucił okiem na waltornię, na której ONA grała, kiedy była dzieckiem. Owszem, waltornia wyglądała dość odlotowo i miała tylko trzy guziki, więc to chyba mogło się udać.

Sprzedawca zdjął instrument ze ściany i podał mi go. Ale kiedy tata zobaczył cenę, gwałtownie zaprotestował.

Powiedział, że powinniśmy WYPOŻYCZYĆ instrument, zamiast go kupować, bo to wyjdzie znacznie taniej. Tylko że wszystkie instrumenty z wypożyczalni były UŻYWANE.

Rok wcześniej na waltorni grał w orkiestrze Joshua Ballard i istniało ryzyko, że mógł używać właśnie TEJ.

Rodzice zaczęli się kłócić przy sprzedawcy i zrobiło się dość żenująco. Tata powiedział, że wydajemy za dużo pieniędzy na coś, czym się znudzę po dwóch tygodniach, a mama powiedziała, że trzeba mi okazać więcej ZAUFANIA.

Wreszcie tata dał za wygraną. Ale zanim włożył do czytnika swoją kartę kredytową, kazał mi obiecać, że będę ćwiczyć co wieczór.

Lepiej, żeby gra na waltorni okazała się tak łatwa, na jaką wygląda. Bo coś mi się zdaje, że zbyt wiele inwestuję w jedno zwykłe zaproszenie na imprezę halloweenową.

Wtorek

Wybierając instrument, powinienem był jednak bardziej się zastanowić. Myślałem wtedy głównie o swoim WIZERUNKU, a należało wziąć pod uwagę również INNE rzeczy.

Przytarganie dziś waltorni do szkoły to była droga przez mękę, bo FUTERAŁ waży prawie tyle samo, ile instrument. Choć kiedy zobaczyłem, z czym musi się użerać Grayden Bundy, poczułem, że nie mam jeszcze NAJGORZEJ.

Wszyscy mówią, że Annabelle Grier to ma łeb jak sklep, i nietrudno zgadnąć dlaczego. Dziewczyna gra na flecie pikolo, więc nie zawraca sobie głowy tachaniem ciężkiego klamota.

Ale George Deveny jest chyba JESZCZE mądrzejszy. Gra na kotłach, które zbyt trudno byłoby zabierać codziennie do domu, więc po prostu stoją na stałe w sali prób.

Nigdy wcześniej tego nie zauważyłem, ale muzycy z orkiestry UPODABNIAJĄ się do swoich instrumentów. Nie wiem tylko, czy to przypadek, czy te dzieciaki robią to specjalnie.

Strasznie fajne w orkiestrze szkolnej jest to, że nie ma żadnego egzaminu dla osób, które chcą się do niej dostać. Jeśli kupicie instrument i pokażecie się na próbie, to w sumie już jesteście przyjęci.

Ale chyba faktycznie się pospieszyłem z tą waltornią, bo ona należy do sekcji instrumentów dętych blaszanych. A w niej grają prawie same CHŁOPAKI.

Sekcja instrumentów dętych drewnianych to zupełnie inna historia. Grają w niej DZIEWCZYNY i tylko paru chłopaków, na przykład Rowley. Cóż, mój przyjaciel naprawdę mógł się o tym zająknąć, bo to akurat informacja, która bardzo by mi się przydała.

Może Rowley nic nie powiedział SPECJALNIE, żebym nie robił mu konkurencji.

Zauważyłem, że siedzi obok Mariany Mendozy, i nie mam wątpliwości, że to nie przypadek.

Na początku zajęć pani Graziano powiedziała, żebyśmy się „rozegrali". I wtedy sobie przypomniałem, że ze wszystkich dźwięków na świecie najbardziej nienawidzę odgłosów szkolnej próby.

Ale pani Graziano nic sobie nie robiła z naszego jazgotu. W tym roku idzie na emeryturę, więc w ogóle się już nie przejmuje.

Usiadłem obok drugiego waltornisty, Evana Pittmana, który wyglądał, jakby wiedział, co robi. Patrząc, jak przebiera palcami, zrozumiałem, że to bardziej skomplikowane, niż myślałem. Ale doszedłem do wniosku, że nic nie kosztuje spróbować.

Nadąłem policzki tak samo jak Evan i dmuchnąłem w ustnik z całej siły. Ale powietrze nie wyszło tą stroną, której można by się spodziewać.

A wtedy cała orkiestra ZAMARŁA. Jake McGough zaczął niuchać, żeby wywęszyć winowajcę, bo on ma dziwny talent do takich rzeczy.

Trzeba wam wiedzieć jedno: ja NIGDY się nie przyznaję, że puściłem bąka. Prędzej poświęciłbym własną matkę (i możecie mi wierzyć, że poświęciłem).

Dzieciaki w orkiestrze zaczynały już oglądać się w moją stronę. A ja byłem naprawdę zestresowany, bo jeśli miałem zdobyć zaproszenie na imprezę Mariany Mendozy, moja reputacja nie mogła ucierpieć.

Jake McGough był coraz bliżej i bliżej. Wiedziałem, że jeszcze chwila i zostanę zidentyfikowany.

No więc zrobiłem to, co MUSIAŁEM zrobić. Czyli zrzuciłem winę na Graydena Bundy'ego.

Nie miałem NIE WIADOMO JAKICH wyrzutów sumienia, bo Grayden jest znany z tego, że zdarza mu się nasmrodzić w klasie. Z mojego punktu widzenia to tylko zasłużona kara za te wszystkie bąki, które uszły mu na sucho.

Czwartek

Żałuję, że nie mogę cofnąć się w czasie i wybrać innego instrumentu, bo waltornia to nie bułka z masłem.

Przede wszystkim koleś ze sklepu muzycznego zapomniał powiedzieć, że wcisnął nam wersję dla LEWORĘCZNYCH.

Myślałem, że z trzema guzikami to będzie łatwizna, ale moja lewa ręka zwyczajnie nie wyrabia. Do tego ustnik jest MALUTKI i nie mogę przepchać przez niego powietrza. No więc jak dotąd nie udało mi się wydobyć z tego żelastwa NICZEGO, co brzmiałoby jak jakaś nuta.

A to niedobrze ze względu na TATĘ. Bo on domaga się, żebym ćwiczył co wieczór, tak jak mu obiecałem.

Na szczęście znalazłem w necie nagrania jakiejś licealistki, która TEŻ ćwiczy grę na waltorni. No i te filmiki, przynajmniej na razie, ratują mi skórę.

Ta cała historia z instrumentem może się jeszcze okazać koszmarną stratą czasu. Bo Mariana nie zaprosiła całej orkiestry na jutrzejszą imprezę, tylko SEKCJĘ DĘTĄ DREWNIANĄ.

Co oznacza, że jeśli ktoś gra na instrumencie dętym blaszanym, tak jak ja, no to ma pecha. Chociaż widzę jeszcze światełko w tunelu. Rowley należy do sekcji dętej drewnianej, a jeśli ON idzie, ja też jakoś się wkręcę.

Oczywiście nie wchodzi w grę, żebym tak po prostu z nim przyszedł, bo mogliby mnie wyprosić.

Na szczęście wymyśliłem sposób, jak tego uniknąć. Gdybym stał się częścią halloweenowego KOSTIUMU Rowleya, byłbym wszędzie tam gdzie on. I tak właśnie wpadłem na pomysł pójścia na imprezę w przebraniu dwugłowego potwora.

Po drodze do domu zdradziłem Rowleyowi swój plan.

Ale on powiedział, że chce iść na przyjęcie jako „dobra czarownica". I że jego mama już szyje mu kostium.

Czujecie? Właśnie DLATEGO Rowley mnie potrzebuje.

Wyjaśniłem mu, że jeśli pokaże się na imprezie jako dobra czarownica, już nigdy nie będzie miał w szkole życia. To chyba trochę go zestresowało, bo powiedział, że zmienił zdanie i chce, żebyśmy się przebrali za dwugłowego potwora.

No więc tego samego wieczoru zaczęliśmy robić kostium z prześcieradeł, które znalazłem w bieliźniarce. Kiedy mama wróciła z uniwerku, zrozumiałem, że powinienem był zapytać o pozwolenie, zanim je pocięliśmy. Ale ona naprawdę się ucieszyła, że Rowley i ja coś TWORZYMY, zamiast jak zwykle grać w gry wideo.

Wyjaśniłem, że chcemy się przebrać za dwugłowego potwora, a ona uznała, że to CUDOWNY pomysł na halloweenowy obchód cukierkowy.

Wtedy powiedziałem, że w sumie idziemy na imprezę koleżanki, i gdy tylko wymówiłem te słowa, ugryzłem się w język. Jak wspomniałem wcześniej, zeszłoroczna impreza była WYSTRZAŁOWA i WSZYSCY w miasteczku o niej usłyszeli.

Ale mama nie miała nic przeciwko imprezie. Oznajmiła, że to dla nas okazja, by „rozwinąć zainteresowania" i powiększyć „grono przyjaciół". Po czym dodała, że może nas nawet PODRZUCIĆ.

Wielka ulga, że nie zaproponowała doszycia potworowi jeszcze jednego łba, bo wierzcie mi, to jest właśnie COŚ, na co mogłaby wpaść moja mama.

Dotarcie do domu Mariany zajęło nam trochę czasu, bo na ulicach pełno było łowców cukierków.

W sumie to nawet się CIESZYŁEM, że jesteśmy spóźnieni. Inaczej mogłoby wyglądać, że strasznie nam zależy. No a kiedy już się zatrzymaliśmy, powiedziałem mamie, że dziękujemy za podwózkę i żeby nie przyjeżdżała po nas przed końcem imprezy, czyli przed jedenastą.

Ale mama wyłączyła silnik, wyszła z auta i wyjęła z niego jakieś torby.

Zapytałem, co robi, a ona odparła, że chce poznać rodziców Mariany.

BŁAGAŁEM ją, żeby dała spokój. Ale kiedy mama wbije sobie coś do głowy, nikt jej nie powstrzyma.

Gdy nacisnęła dzwonek, nic się nie wydarzyło. Słyszeliśmy jednak głośną muzykę dobiegającą z piwnicy, więc mama po prostu otworzyła drzwi i weszliśmy do środka.

Rodzice Mariany oglądali na kanapie jakiś horror. Raczej nie pałali ochotą, by wstać i uciąć sobie z nami pogawędkę.

Wtedy mama zapytała, czy może zajrzeć do piwnicy, a oni najwyraźniej nie mieli z tym żadnego problemu.

Ja natomiast byłem już PORZĄDNIE spanikowany. No ale kiedy mama zaczęła schodzić do piwnicy, chcąc nie chcąc, ruszyliśmy za nią. Na dole kłębiła się masa balujących dzieciaków.

Na widok mamy całe towarzystwo zastygło.

Ona tymczasem wyjęła z toreb własnoręcznie wykonane gry halloweenowe i zrobiło mi się nagle jakoś słabo. Powinienem był odgadnąć, co planuje, gdy poprzedniego wieczoru zobaczyłem, jak czyta październikowe wydanie „Radosnej Rodzinki".

Kiedy mama wyskoczyła z grami, byłem pewien, że imprezowicze machną na nią ręką i wrócą do zabawy. Ale wtedy zaszło coś ZWARIOWANEGO.

Jakieś dziewczyny zaczęły POMAGAĆ mamie w rozkładaniu gier.

I to był moment, w którym mama objęła dowodzenie. Wciągnęła wszystkich gości do tych obciachowych gier halloweenowych. Chciałem zapaść się pod ziemię ze wstydu, ale wyglądało na to, że ludzie mają ubaw po pachy.

A osobą, która bawiła się NAJLEPIEJ, najwyraźniej był Rowley. Świetnie mu poszło z wiszącą na sznurku oponką. Ustanowił nawet rekord: zeżarł pięć oponek w trzydzieści sekund.

Gdy tylko załapałem, że ludzie są w supernastrojach, trochę wyluzowałem. A wręcz SAM wziąłem udział w paru zabawach. Razem z Rowleyem zająłem pierwsze miejsce w Pacnij Ducha i muszę przyznać, że tworzyliśmy naprawdę zgrany zespół.

W sumie to wygraliśmy w WIELU grach z toreb mamy. Polegliśmy tylko w Dyniowym Zbijaku, no ale człowiek nie może być najlepszy we WSZYSTKIM.

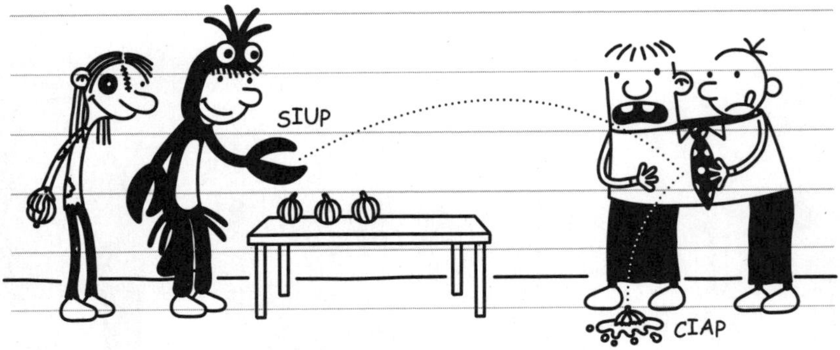


Kiedy skończyliśmy grać, ktoś pogłośnił muzykę i impreza jeszcze bardziej się rozkręciła. Przez Rowleya trudno mi było pokazać swoje najlepsze taneczne ruchy, ale i tak wymiatałem.

Naprawdę, bawiliśmy się NIEZIEMSKO. Tylko paru kolesi miało niewyraźne miny. Ale nie zamierzałem się przejmować jakimiś kwękaczami.

I właśnie kiedy zabawa miała wejść na jeszcze wyższe obroty, Rowley powiedział, że musi do łazienki. Cóż, kiedy projektowaliśmy kostium, nie wzięliśmy TEGO pod uwagę.

Nie mieliśmy suwaka ani niczego podobnego. Wyjście było tylko jedno: nożyczki. Tylko że żaden z nas nie miał pod kostiumem spodni, więc to NIE wchodziło w grę.

Byłem wściekły, bo MÓWIŁEM Rowleyowi, żeby nie przeginał z ponczem bezalkoholowym, a on oczywiście w ogóle mnie nie słuchał.

Zdecydowałem, że musi poczekać, aż wrócimy do domu. Po czym próbowałem rzucić się z powrotem w wir zabawy, ale Rowley strasznie mi to utrudniał.

Mama chyba wywnioskowała z miny Rowleya, co się dzieje, bo powiedziała, że czas „wycofać się na z góry upatrzone pozycje", czyli jechać do domu.

I wtedy NAPRAWDĘ się zezłościłem. Ludzie imprezowali w najlepsze, a my musieliśmy wracać, bo Rowleyowi zachciało się siusiu.

Ale mama oświadczyła, że lepiej wyjść, kiedy impreza jest jeszcze młoda, niż kiedy dobiega końca. Jej zdaniem zadaje się wtedy SZYKU, bo to wygląda, jakby się miało lepsze rzeczy do roboty.

Nie wiem, co mógłbym mieć lepszego do roboty, niż bawić się u Mariany Mendozy, ale mama dosłownie wypchnęła mnie po schodach z piwnicy.

Kiedy odjeżdżaliśmy, miałem podły humor. Za to mamy nigdy nie widziałem w lepszym.

Czwartek

Przez cały tydzień Mariana i jej koleżanki nawijały tylko o dwóch rzeczach. Jaka fajna była impreza i jaką niesamowitą mam mamę. Nie bardzo wiem, co o tym myśleć. Cóż, chyba potraktuję ich słowa jako komplement.

Zasadniczo straciłem zapał do grania w orkiestrze. Nie TYLKO dlatego, że impreza przeszła już do historii. Gdy w poniedziałek przestąpiłem próg szkoły, chłopaki z sekcji dętej drewnianej zaraz zaczęły mi dokuczać.

I nie mówię tu tylko o DUŻYCH facetach. Nawet Jake McGough dał mi wycisk.

Kiedy powiedziałem rodzicom, że zastanawiam się nad rzuceniem orkiestry, tata nie chciał o tym słyszeć. Oświadczył, że mój instrument kosztował mnóstwo pieniędzy i że muszę „wywiązać się ze zobowiązania".

Dodał, że nie mogę rezygnować ze wszystkiego, co wydaje mi się TRUDNE, i że jeśli on czegoś mnie w życiu nauczy, to WYTRWAŁOŚCI.

Widziałem, że tata nie odpuści, więc obiecałem postarać się bardziej. Wyglądał na zadowolonego z mojej obietnicy i myślałem, że na tym koniec.

Ale wtedy on powiedział, że przyjdzie na Koncert Jesienny, by podnieść mnie na duchu. Odparłem, że koncert odbywa się w czasie lekcji, więc nie będzie OPCJI, żeby przyszedł. Na co tata oznajmił, że to dla niego ważne i że weźmie na ten dzień urlop.

Teraz dopiero czuję się postawiony pod ŚCIANĄ. Próbowałem obczaić grę na tym żelastwie, ale wierzcie mi, to nie jest proste.

Poprosiłem Rowleya, żeby przyszedł i mi pomógł, no bo on dłużej gra w orkiestrze i wie co nieco o instrumentach. Ale gdy my dwaj znajdziemy się w jednym pomieszczeniu, zaraz nas coś rozprasza.

Tata dostał białej gorączki. Powiedział, że ja i Rowley potrafimy tylko się wygłupiać. No więc jemu kazał iść do domu, a mnie dalej ćwiczyć. Ale nawet ta dziewczyna z internetu rzuciła w końcu grę na waltorni i teraz jestem zdany już TYLKO na siebie.

Środa

Dziś odbył się Koncert Jesienny. Prawda jest taka, że nie opanowałem sztuki gry na waltorni. Opanowałem jednak sztukę PRZETRWANIA.

Na próbie siadałem zawsze obok Evana Pittmana, a on zasuwa na waltorni naprawdę nieźle. Doszedłem do wniosku, że jeśli będę go naśladował i UDAWAŁ, że gram, koleś może odwalić robotę za nas OBU.

I tym się właśnie zajmowałem przez ostatnie dwa tygodnie. A jeśli pani Graziano nic nie zauważyła z odległości trzech metrów, sądziłem, że TATA tym bardziej nie zauważy z końca sali.

Ale na dziesięć minut przed występem Evan gdzieś przepadł. Zaczepiłem Marcusa Pereza, jego najlepszego kumpla, i usłyszałem, że Evan ma tego dnia zdejmowany aparat z zębów, więc nie będzie go na koncercie.

Nie mogłem UWIERZYĆ, że Evan tak mnie wystawił. Myślałem, że sekcja dęta blaszana trzyma się zawsze RAZEM.

Gdy przyszedł czas, by się rozegrać, oblał mnie ZIMNY POT.

Modliłem się, żeby tata zapomniał o Koncercie Jesiennym, ale on właśnie wtedy stanął przy drzwiach prowadzących na scenę.

Kiedy publiczność zajęła miejsca na widowni, trzeba było się zbierać. Pani Graziano puściła nas gęsiego, a sekcja dęta blaszana szła przedostatnia.

Tylko że ludzie z sekcji dętej drewnianej byli tuż za nami, a ten kretyn Jake McGough nadepnął mi na piętę.

Musiałem położyć waltornię, żeby poprawić but, a kiedy to zrobiłem, sekcja dęta drewniana była już za drzwiami, które się zatrzasnęły.

Próbowałem otworzyć drzwi, ale BEZ SKUTKU, więc zacząłem walić w szybę. Tylko że wszyscy stroili już instrumenty i nie mogli mnie słyszeć.

Koncert właśnie miał się rozpocząć, a ja myślałem tylko o tacie, który patrzył teraz na moje puste krzesło. Dlatego zacząłem walić MOCNIEJ.

Wreszcie Rowley zobaczył mnie przez okienko. Podniósł się ze swojego miejsca i mi otworzył. Po czym wszedł DO ŚRODKA, a drzwi znów się ZATRZASNĘŁY.

W ten sposób OBAJ zostaliśmy uziemieni. Załomotałem w drzwi ponownie, ale właśnie wtedy pani Graziano dała orkiestrze znak i rozpoczął się koncert. Teraz, gdy George Deveney dawał czadu na swoich kotłach, nasze położenie było BEZNADZIEJNE.

Kiedy rozległ się dźwięk klarnetów, Rowley SPANIKOWAŁ. Zaczął grać razem z resztą orkiestry, co STANOWCZO nie poprawiło sytuacji.

Było jasne, że to ja muszę wziąć na siebie ciężar wyciągnięcia nas z sali prób. Próbowałem wyważyć drzwi, zapierając się nogą o ścianę i ciągnąc z całej siły za klamkę. Ale moje spodnie nie wytrzymały takiego napięcia.

Spojrzałem w lustro, żeby ocenić szkody, i zobaczyłem ponaddziesięciocentymetrowe rozdarcie na samym środku tyłka. I to była zła wiadomość, bo dało się przez nie zauważyć majtki.

Zrozumiałem, że nawet jeśli otworzymy drzwi, nie mogę paradować z ogromną DZIURĄ w spodniach. No więc rozejrzałem się po pokoju w poszukiwaniu czegoś, czym mógłbym zasłonić rozdarcie. Aż wreszcie przyuważyłem czarny segregator na biurku pani Graziano.

Segregator ładnie zakrył dziurę i z pewnej odległości nic nie dało się wypatrzyć. Ale spodnie zrobiły się tak SZTYWNE, że nie mogłem USIĄŚĆ. Dlatego musiałem wymyślić coś innego.

I nagle przyszło mi do głowy rozwiązanie. Złapałem czarny flamaster z biurka pani Graziano i kazałem Rowleyowi zamalować sobie gatki. Teraz nikt by się nie domyślił, że trzasnęły mi spodnie.

Tylko że właśnie wtedy drzwi otworzył TATA. Nie wiem, jak to dla NIEGO wyglądało, ale mam przeczucie, że NIE NAJLEPIEJ.

Czwartek

Nieważne, ile razy tłumaczyłem tacie, co zaszło podczas koncertu, on i tak nie chciał słuchać. Powiedział, że ja i Rowley leserowaliśmy, kiedy powinniśmy byli grać z resztą orkiestry, i że to mu w zupełności wystarczy.

Wlepił mi dwa tygodnie bez telewizora i gier wideo. Nie mogą też przychodzić do mnie koledzy. Wolno mi TYLKO ćwiczyć grę na waltorni i chyba o to właśnie tacie chodziło.

Ale gra na tym rupieciu strasznie mnie stresuje, a kiedy jestem zestresowany, robię się GŁODNY. Zwykle po Halloween mam całą poszewkę na poduszkę wypchaną słodyczami. Tym razem jednak obchód cukierkowy mnie ominął, bo byłem na imprezie. Straciłem w ten sposób najlepszą część święta duchów.

Tak czy inaczej w domu musiały gdzieś być słodycze, bo w wieczór halloweenowy tata powiedział mamie, że gęsi odstraszyły wszystkie dzieciaki, które przyszły do nas po cukierki.

Dziś po szkole zajrzałem w każdy zakamarek, ale nie znalazłem żadnych zachomikowanych łakoci. Teraz miałem już POTWORNY głód słodkiego, a w spiżarce znalazłem tylko paczkę łezek czekoladowych, których nie wolno nam było ruszać choćby nie wiem co.

Mama zamierzała z nich chyba zrobić pieguski na kościelny jarmark wypieków. No ale przecież nie dopatrzyłaby się zniknięcia JEDNEJ łezki.

Z tą myślą wziąłem nożyczki i wyciąłem dziurkę wielkości łezki czekoladowej w dnie paczki. Cóż, jedna łezka szybko zmieniła się w dwie, a dwie w CZTERY. I wtedy trochę mnie poniosło.

Kiedy się opamiętałem, w paczce brakowało jakiejś jednej czwartej zawartości. Dalej się pocieszałem, że mama nic nie zauważy, ale dziura była teraz DUŻO większa i musiałem coś na to poradzić.

No więc przeszedłem się do szuflady z różnymi szpargałami po zszywacz.

Zanim jednak ZDĄŻYŁEM go użyć, dół torby nagle się rozleciał.

Spiąłem paczkę zszywaczem i wyzbierałem z podłogi tyle łezek, ile potrafiłem. Ale jakoś nie mogłem się powstrzymać i wiele z nich nigdy nie trafiło z powrotem do torebki.

Teraz już nie było SZANS, żeby mama nie zauważyła. A miałem wystarczająco dużo kłopotów, by nie chcieć ściągać sobie na głowę kolejnych. Dlatego wezwałem na ratunek Rowleya.

Opisałem mu przez telefon sytuację i kazałem przynieść tyle łezek czekoladowych, ile zdoła.

Rowley zjawił się przy drzwiach wejściowych pięć minut później, strasznie zasapany. Powiedział, że przyszedłby WCZEŚNIEJ, ale gęsi łażą po naszej ulicy, więc musiał się przekraść przez ogródek sąsiada.

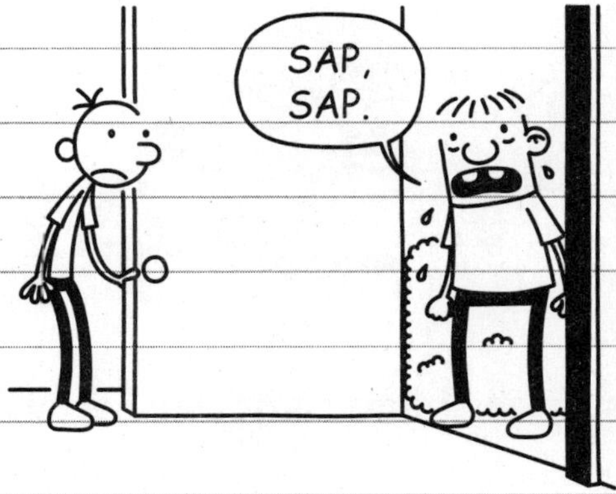


Zapytałem, co z łezkami, a on otworzył zaciśnięte palce. No i wszystko na nic, bo czekolada kompletnie się ROZPUŚCIŁA.

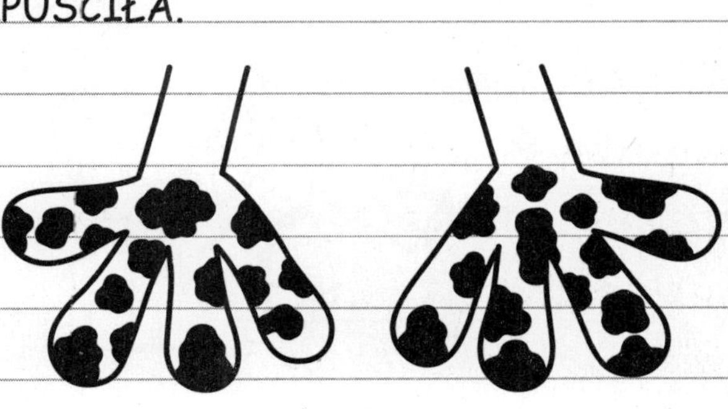

Powiedziałem Rowleyowi, że musi wrócić po WIĘCEJ łezek, na co on odparł, że mieli tylko tyle i że może przedzwonić do Scotty'ego Douglasa, który też mieszka przy naszej ulicy, żeby zapytać, czy ON jakieś znajdzie. I to brzmiało jak plan.

Tylko że kiedy Rowley sięgnął po telefon, zobaczyłem, że WSZĘDZIE zostawia czekoladowe odciski palców.

Wiedziałem, że jeśli tata znajdzie choćby JEDEN odcisk palca Rowleya, już po mnie. No więc pobiegliśmy po papierowe ręczniki i zaczęliśmy wycierać całą kuchnię.

Kiedy skończyły nam się ręczniki, poleciałem do pralni po więcej. I wtedy dokonałem EPOKOWEGO odkrycia.

Znalazłem słodycze halloweenowe skitrane przez mamę za rolkami.

To było pięć nietkniętych paczuszek ze wszystkim, co lubię NAJBARDZIEJ.

Pomyślałem, że odpalę Rowleyowi trochę dżdżownic w zamian za pomoc przy sprzątaniu. Ale nie mogłem się powstrzymać i zrobiłem mu kawał.

Myślałem, że Rowley zacznie się śmiać, ale on był PRZERAŻONY. Nawet kiedy pokazałem mu, że to tylko żelki, nadal nie mógł dojść do siebie.

I wtedy w głowie zapaliła mi się żaróweczka. Ludzie LUBIĄ, żeby ich straszyć, a kto dobrze straszy, tłucze niezłą KASĘ. Co zresztą na pewno nie może być trudne. S. Trach jest obrzydliwie bogaty, a przecież ten koleś nawet NIE ISTNIEJE.

Słyszałem o dzieciakach z uniwerku, które nakręciły horror za jedyne kilkaset dolców. A potem sprzedały film do wielkiego studia i dziś są MILIONERAMI.

Jeśli tamci goście mogli to zrobić, mogłem i ja. Nie potrzebowałem nawet kilkuset dolarów. Miałem żelki i starą kamerę rodziców.

Wyobrażałem już sobie plakat kinowy.

Postanowiłem też, że kiedy zgarnę za swój film Oscara, podziękuję tym wszystkim maluczkim, którzy pomogli mi dojść na szczyt.

NAJGORĘTSZE podziękowania będą się należeć MAMIE. To ona zawsze mówiła, że muszę użyć wyobraźni i zrobić coś twórczego. Kiedy zostanę słynnym reżyserem, na pewno będzie ze mnie dumna.

Cóż, NAJPIERW musieliśmy jeszcze ten film nakręcić. Powiedziałem Rowleyowi, jaki mam pomysł: ludożercze robaki terroryzujące miasto. Tylko że on zaraz się zdenerwował. Zapytał, czy nie moglibyśmy wymienić robaków na coś MNIEJ przerażającego, na przykład motyle.

Musiałem go przekonać, że nikt nie zapłaci za obejrzenie horroru o MOTYLACH. Dodałem, że możemy przecież dorzucić jakieś śmieszne kawałki, żeby film nie był TYLKO straszny, i wtedy trochę się uspokoił.

Chciał zacząć kręcić od razu, ale powstrzymałem go, mówiąc, że niczego nie zrobimy bez SCENARIUSZA. No więc poszliśmy na górę, włączyliśmy mój komputer i zabraliśmy się do pracy.

NOC ŻYWYCH
DŻDŻOWNIC

scenariusz: GREG HEFFLEY

na podstawie pomysłu
GREGA HEFFLEYA

Rowley powiedział, że on TEŻ chce zostać scenarzystą, ale nie zamierzałem dzielić się z nim przyszłą sławą, skoro pomysł był MÓJ. Zaproponowałem za to, żeby się zajął storyboardem, czyli rozrysowywaniem każdej sceny.

Pomyślałem, że dobrym początkiem filmu będzie pokazanie zwykłego dnia pewnego małżeństwa PRZED atakiem robali.

WIECZÓR. Mężczyzna wraca do domu z pracy, jest w dobrym humorze, gwiżdże wesołą piosenkę. Otwiera drzwi i wchodzi do kuchni.

Tu pojawił się pierwszy problem. Ja byłem operatorem kamery, a Rowley moim jedynym aktorem. To oznaczało, że nie możemy pokazać dwóch postaci w tym samym momencie.

Zresztą nie chciałem, aby było widać, że Rowley gra wszystkie role, bo ludzie mogliby pomyśleć, że to film niskobudżetowy. No więc musiałem trochę pokombinować.

MĄŻ

Cześć, kochanie.
Wróciłem z pracy.

ŻONA

Witaj, mój drogi.
Wybacz, że się nie odwracam.
Jestem bardzo zajęta zmywaniem
tych naczyń.

MĄŻ

Nie ma sprawy.
Pójdę na górę i wezmę prysznic.

ŻONA

Przyda ci się, nawet stąd
czuję smrodek (śmiech)!

Odniosłem wrażenie, że moi bohaterowie za dużo gadają i że trzeba wprowadzić trochę akcji.

ŁAZIENKA NA PIĘTRZE. Mężczyzna wchodzi do kabiny prysznicowej i odkręca wodę.

MĄŻ

Ojej, MARZYŁEM o prysznicu! A co do smrodku, moja żona ma rację.

Ale wtedy z sitka zaczynają wylatywać ROBALE!

MĄŻ

Co do licha? To nie jest woda!

To ROBALE!

Ale to nie są zwykłe robale.
To LUDOŻERCZE DŻDŻOWNICE!

MĄŻ

No pięknie! Te robaki mnie

ZJADAJĄ!

Dżdżownice wyłażą mu z oczu i nosa.

Kiedy Rowley skończył ostatni rysunek, był biały jak ściana. Ale przypomniałem mu, że to nie żadne dżdżownice, tylko żelki, co trochę go uspokoiło.

Z POWROTEM W KUCHNI. Mężczyzna staje w progu z ręcznikiem owiniętym wokół bioder.

MĄŻ

Skarbie! Nie odkręcaj wody! To...

Ale jest już ZA PÓŹNO. Z kobiety został tylko szkielet.

Wtedy Rowleyowi zrobiło się NAPRAWDĘ słabo. Musiałem mu znów przypomnieć, że to wszystko na niby i że w tej scenie wystąpi plastikowy kościotrup. Ale on zupełnie się zapowietrzył.

To był właściwy moment, by wprowadzić element komediowy, więc dopisałem śmieszną kwestię, którą udało mi się rozbawić Rowleya.

MĄŻ

Cóż, to chyba oznacza, że zostałem singlem (mrugnięcie)!

Teraz jednak należało wrócić do głównego wątku.

A następna scena była EPICKA.

Mężczyzna wygląda przez okno.

Dom jest otoczony przez dżdżownice.

MĄŻ

O rety! Lepiej zadzwonię

po GLINY!

Mężczyzna podnosi słuchawkę
i wybiera 997.

MĄŻ

Halo, czy to policja? Dzwonię,

żeby zgłosić... Zaraz, CO DO...?

Dżdżownica wypełza ze słuchawki, włazi mężczyźnie do ucha i wyłazi drugim.

MĄŻ

Aaaaaaa (umiera)!

Kiedy skończyłem pisać tę scenę, zrozumiałem, że akcja zbyt wolno się rozkręca. Nie miałem też pomysłu, jak sfilmować niektóre ujęcia. Na przykład końcową walkę pomiędzy burmistrzem a stupięćdziesięciometrowym Królem Dżdżownic.

Nie było mowy, żebyśmy skończyli film w jeden dzień. Mogliśmy jednak zacząć, czyli nakręcić to, co już wymyśliłem.

Z szafy mamy wyciągnąłem kamerę, no i na szczęście w torbie znalazłem kasetę. Pożyczyliśmy też sobie trochę ciuchów z szafy taty, potrzebnych do pierwszego kostiumu Rowleya. Spodnie okazały się za długie, ale wyszło nie najgorzej.

Nakręciliśmy scenę rozpoczynającą film, co jednak zajęło nam trzy razy więcej czasu, niż powinno, bo Rowley nie potrafił zapamiętać swojej kwestii.

Potem musiałem sfilmować Rowleya jako żonę.

Nie był zachwycony, kiedy wcisnąłem go w jedną z sukienek mamy, więc zdecydowaliśmy się na spodnie do jogi. Z braku peruki Rowley musiał włożyć bluzę z kapturem, żeby zakryć głowę.

Niezupełnie tak to sobie wyobrażałem, ale czasem trzeba po prostu pójść na żywioł.

Kiedy już ogarnęliśmy sprawy w kuchni, poszliśmy na górę, żeby nakręcić sceny łazienkowe. Rowley nie chciał zamoczyć włosów, więc włożył czepek mamy, który znaleźliśmy w szafce pod umywalką. Wciągnął też kąpielówki taty i wszedł pod prysznic.

Zaraz się okazało, że kręcenie sceny prysznicowej to nie PRZELEWKI. Musiałem filmować Rowleya od pasa w górę, żeby nie było widać kąpielówek. W dodatku nie przemyślałem tego, jak robaki miałyby wylatywać z sitka. Za nic nie wyglądało to dobrze.

Wreszcie stanęło na tym, że będę rzucał w Rowleya żelkami. Cóż, mam nadzieję, że po montażu efekt stanie się bardziej realistyczny.

Nie mogłem nigdzie znaleźć barwnika spożywczego mamy, więc za krew musiał robić keczup. Był wprawdzie trochę za gęsty, ale dawał radę.

Po scenach w łazience wróciliśmy do kuchni. Ujęcie z kościotrupem nakręciliśmy bardzo szybko, przy czym efektownie zaprezentował się kaptur.

Zrobiło się już trochę późno i miałem stracha, że rodzice nakryją nas na filmowaniu. No więc pobiegliśmy do ogródka i zaczęliśmy rozrzucać żelki.

Ale nie byłem zadowolony z naszej scenografii. Nie mieliśmy dość robaków, by uzyskać przerażający efekt.

Postanowiłem wziąć jeszcze jedną torebkę z żelkami, żeby nieco uwiarygodnić scenę. Kiedy jednak otworzyłem drzwi do pralni, w środku zastałem niemiłą niespodziankę.

Właśnie się zastanawiałem, co zrobić ze świnią, kiedy z kuchni dobiegł wrzask Rowleya. Pobiegłem do niego zobaczyć, co się stało.

Stadko gęsi z wielkim zapałem ZŻERAŁO nasze żelki, więc otworzyłem drzwi, żeby je przepłoszyć. Ale one się nie dały.

Kiedy gęsi rozprawiły się z żelkami, zażądały WIĘCEJ. Zatrzasnąłem drzwi, po czym razem z Rowleyem schowałem się pod stołem, żeby zaplanować następny ruch.

Powiedziałem Rowleyowi, że jedyne, czego boją się gęsi, to inne ZWIERZĘTA. Ale zanim zdążyłem cokolwiek dodać, on już był przy oknie. Trzymał Patrz i Mów Manny'ego.

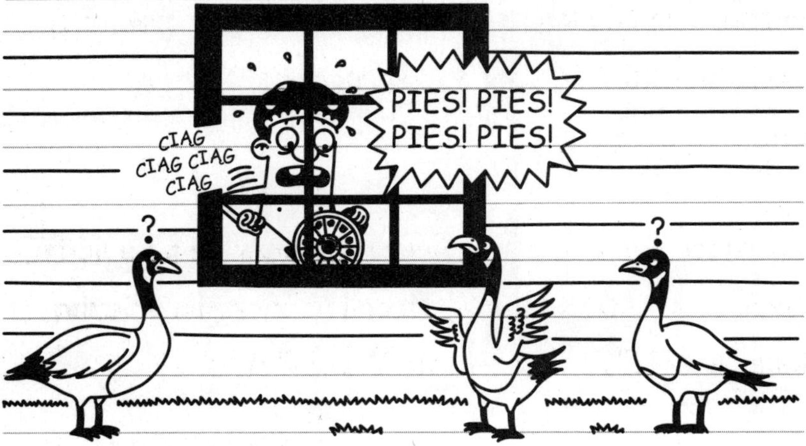


Teraz już wszystkie gęsi waliły dziobami w okna. Bałem się, że jeśli czegoś nie wymyślimy, WTARGNĄ DO ŚRODKA. I nagle sobie przypomniałem, że kiedy Rodrick po raz ostatni robił obchód cukierkowy, miał tę ohydną maskę wilka, która musiała nadal być w piwnicy.

Jeżeli COKOLWIEK mogło przerazić gęsi, to tylko ONA.

Ja i Rowley pobiegliśmy do kotłowni po maskę. Stare przebrania na Halloween leżały w pudle na czwartej półce, więc musieliśmy współpracować, żeby je stamtąd ściągnąć.

Wdrapałem się na plecy Rowleya i sięgnąłem po pudło, ale kiedy to ZROBIŁEM, strąciłem z regału śnieżną kulę. A WTEDY włączyła się WIEDŹMA.

Wyciągnąłem rękę i złapałem za półkę. W tym samym momencie cały regał runął.

Kiedy doszliśmy do siebie, obaj byliśmy szczęśliwi, że w ogóle ŻYJEMY. Gdy tylko Rowley wydostał się spod pudeł, wyleciał z piwnicy jak z procy. Myślę, że mógł nawet przeskakiwać CZTERY stopnie naraz.

WCALE się nie zatrzymał, kiedy wybiegł na dwór. Wdrapał się do połowy na duże drzewo przy naszym domu i tam właśnie go znalazłem, bełkoczącego bez ładu i składu.

Próbowałem nakłonić Rowleya, żeby zlazł, ale nie było takiej opcji. No to wziąłem rakietę tenisową i piłki, żeby go STRĄCIĆ z gałęzi. On jednak wdrapał się jeszcze WYŻEJ.

Na moje nieszczęście właśnie wtedy tata wrócił do domu.

Środa

Od tamtego dnia minęło parę wariackich tygodni. Byłem zbyt zajęty, żeby prowadzić dziennik. Tata każdego wieczoru kazał mi porządkować rzeczy, które zleciały z regału.

Próbowałem tłumaczyć, że ja i Rowley tylko kręciliśmy film i sytuacja wymknęła nam się spod kontroli, ale równie dobrze mógłbym gadać do obrazu. Myślałem, że mama okaże trochę więcej zrozumienia, wtedy jednak się okazało, że na tej kasecie z torby były nagrane pierwsze kroczki Manny'ego. No i wszystko się skasowało.

Dlatego teraz ja mam szlaban w piwnicy, a tymczasem Rowley upaja się swoją nowo zdobytą sławą. Bo tamtego dnia pod nasz dom podjechała ekipa wiadomości telewizyjnych i nagrała moment, w którym strażacy ściągali go z drzewa. A filmik z „dramatycznej akcji ratunkowej" stał się prawdziwym przebojem.

Rowley nie wrócił jeszcze nawet do szkoły, bo każda telewizja śniadaniowa chce z nim przeprowadzić wywiad.

I wiecie, co jest najbardziej denerwujące? W żadnym programie Rowley ANI RAZU nie wymienił mojej osoby, choć to JA uczyniłem go sławnym. Ale on w ogóle zachowuje się ostatnio tak, jakby świat kręcił się wokół niego.

Oto jak wpływa na człowieka popularność. No cóż, ja NIGDY nie zrobiłbym z siebie głupka tylko po to, żeby ludzie przed telewizorami mogli się rozerwać.

## PODZIĘKOWANIA

Dziękuję wszystkim fanom cwaniaczka za entuzjazm, który pomaga mi pisać o Gregu Heffleyu i jego zwariowanych krewnych. Za to samo dziękuję też swojej własnej zwariowanej i niesamowitej rodzinie.

Dziękuję Charliemu Kochmanowi, który zawsze jest obok i sprawia, że piszę najlepsze książki, na jakie mnie stać. Wyrazy wdzięczności niech przyjmą również pracownicy wydawnictwa Abrams, a zwłaszcza Michael Jacobs, Jason Wells, Veronica Wasserman, Chad. W. Beckerman, Susan Van Metre, Robby Imfeld, Alison Gervais, Elisa Garcia, Samantha Hoback, Kim Ku i Michael Clark.

Dziękuję Shaelyn Germain i Annie Cesary za ich wsparcie i ciężką pracę. A także Deb Sundin i całemu zespołowi An Unlikely Story za codzienne uszczęśliwianie moli książkowych.

Dziękuję Richowi Carrowi i Andrei Lucey – za przyjaźń i dodawanie mi otuchy. Jak również Paulowi Sennottowi i Ike'owi Williamsowi – za nieocenione rady.

Dziękuję Jessowi Brallierowi, który od tylu lat podnosi mnie na duchu. I wielkie dzięki dla wszystkich z serwisu Poptropica za wiarę we mnie oraz inspirację.

Dziękuję Sylvie Rabineau i Keithowi Fleerowi, moim przewodnikom w świecie filmu i telewizji. A także osobom z Hollywood, które przenoszą nowe opowieści o Gregu Heffleyu na ekran – czyli przede wszystkim Ninie Jacobson, Bradowi Simpsonowi, Davidowi Bowersowi, Elizabeth Gabler, Rolandowi Poindexterowi, Ralphowi Millero i Vanessie Morrison.

## O AUTORZE

Jeff Kinney jest twórcą serii książek *Dziennik cwaniaczka*, numeru jeden na liście bestsellerów „New York Timesa". Sześciokrotnie zdobył Nickelodeon Kids' Choice Award w kategorii Ulubiona Książka. Jest jednym ze Stu Najbardziej Wpływowych Ludzi Świata w rankingu „Time". Stworzył również www.poptropica.com, jeden z Pięćdziesięciu Najlepszych Serwisów Internetowych według „Time". Dzieciństwo spędził w mieście Waszyngton, a w 1995 roku przeniósł się do Nowej Anglii. Obecnie z żoną i dwoma synami mieszka w Massachusetts, gdzie razem z rodziną prowadzi księgarnię An Unlikely Story.

Wydawnictwo NASZA KSIĘGARNIA Sp. z o.o.
02-868 Warszawa, ul. Sarabandy 24c
tel. 22 643 93 89, 22 331 91 49
faks 22 643 70 28
e-mail: naszaksiegarnia@nk.com.pl

Dział Handlowy
tel. 22 331 91 55, tel./faks 22 643 64 42
Sprzedaż wysyłkowa
tel. 22 641 56 32
e-mail: sklep.wysylkowy@nk.com.pl
**www.nk.com.pl**

*Książkę wydrukowano na papierze*
*Ecco-Book Cream 70 g/m² wol. 2,0.*

Redaktor prowadzący ***Joanna Wajs***
Opieka redakcyjna ***Magdalena Korobkiewicz***
Korekta ***Ewa Mościcka, Małgorzata Ruszkowska***
Redakcja techniczna ***Joanna Piotrowska***
Skład i łamanie ***Mariusz Brusiewicz***

ISBN 978-83-10-13132-4

PRINTED IN POLAND

Wydawnictwo „Nasza Księgarnia", Warszawa 2017 r.
Wydanie pierwsze
Druk: POZKAL, Inowrocław